Au risque de la vie

Maryse Wolinski

Au risque de la vie

Éditions du Seuil

Pour la citation en exergue :
Milan Kundera, *Les Testaments trahis*,
© Gallimard, 1993.

ISBN 978-2-02-144847-4

© ÉDITIONS DU SEUIL, AVRIL 2020

www.seuil.com

À Elsa

« Un mort que j'aime ne sera jamais mort pour moi. Je ne peux même pas dire : je l'ai aimé ; non, je l'aime. Et si je refuse de parler de mon amour pour lui au temps passé, cela veut dire que celui qui est mort est. C'est là peut-être que se trouve la dimension religieuse de l'homme. »

Milan Kundera, *Les Testaments trahis*

Première partie

Dans ma nuit indécise deux kalachnikovs sont alignées, et soudain, l'une se détache et se dirige vers lui, l'amour de mes 21 ans. Derrière ta cagoule noire, Chérif, tes yeux brillent de haine, exorbités par la substance hallucinogène qui fait de toi une marionnette. Ton frère Saïd et toi, vous êtes des pantins articulés par les ordres des sanguinaires de l'AQPA, al-Qaïda dans la péninsule arabique, qui, depuis 2011, se fait appeler Ansar al-Charia pour ses activités au Yémen. Tu ne peux penser à rien d'autre que tuer, parce que tu t'es entraîné pour ce grand jour. Parce que le calife des califes, que tu respectes et crains, t'a ordonné une mission dont tu es fier : abattre la liberté d'expression et ceux qui la font vivre. Ce 7 janvier de l'année 2015, une date qui n'a pas été choisie au hasard, tu es passé à l'acte. C'est le jour où le cœur de mon amoureux s'est arrêté. Le jour où ma vie s'est brisée.

Je marche sans but le long de l'allée de l'avenue de Breteuil, hantée par la nuit que je viens de vivre. Une nuit bousculée par ce cauchemar récurrent. Une nuit comme bien d'autres. Cinq ans après l'attentat que tu as commis dans les locaux du journal *Charlie Hebdo*, assassinant mon amoureux, tu ne me quittes plus, Chérif. Je te désigne parce que je sais que tu es le tueur. Alors je m'adresse à toi.

Ces joggeurs que je croise, comme ces mères ou ces nounous souriant à un enfant dans le cocon de la poussette, ces couples qui s'enlacent et s'embrassent, vois-tu, Chérif, je les envie parce qu'ils ne t'ont pas rencontré sur leur chemin. Moi, si ! Et depuis, nous ne vivons plus dans le même monde. Le mien est celui du désert de l'absence, de l'avenir incertain, du souffle dérobé. De nuit comme de jour, ma vie est en suspens.
Au loin, le dôme des Invalides brille dans le soleil couchant.

Sache qu'avec l'aide de ton frère aîné, Saïd, en tuant dix personnes dans les locaux étroits de *Charlie Hebdo*, tu as anéanti la vie de plusieurs dizaines de personnes, mutilé des générations. Derrière un homme assassiné, il y a une femme, une amoureuse, une famille, des enfants, des frères, des sœurs, des amis. Un pays. La souffrance s'est abattue sur nous tous et sur nos descendants. Certains se sauveront, d'autres porteront la violence en eux, d'autres encore en mourront. C'était le but du jeu, n'est-ce pas ? Donner une leçon à ces Occidentaux qui vivent dans le plaisir et la liberté. Attentats sur attentats, créer le chaos en Occident, particulièrement en France où vivent dix millions de musulmans, générer l'amalgame, les pires conflits, pour faire régner la loi de tes maîtres, de ton calife, celle de la charia.

Mais, tu sais, tuer la liberté d'expression, ce n'est vraiment pas gagné. Nous préserverons cette liberté qui nous est chère, et qui est le ferment de la République. Aujourd'hui, comme hier, elle est plus vivante que jamais.

Ce 7 janvier, tandis que tu avais accompli ta mission, sûrement préparée dans la discrétion pour ne pas te faire repérer, j'avoue que je ne pensais pas à la liberté d'expression. J'avais sous les yeux mon amoureux, ce talentueux artiste et fabuleux compagnon de vie, face à ton arme de guerre. Cette image commençait à s'inscrire en moi. Derrière ta cagoule, tu n'avais aucune pitié. Journalistes et dessinateurs étaient nombreux autour de la table. Ta kalach a d'abord balayé la salle de réunion, puis, après une seconde d'hésitation – tu ne t'attendais pas à ce qu'ils soient aussi nombreux –, tu les as tous descendus, l'un après l'autre. Descendus ou sévèrement blessés.

Quelques heures après le départ de mon amoureux qui m'avait lancé cette ultime phrase : « Chérie, je vais à *Charlie* », je me retrouve amputée à jamais. Ses yeux riaient en m'envoyant un baiser. Cette phrase résonnera en moi jusqu'à la fin.

Ses yeux ne riront plus. Je n'entendrai plus sa voix qui se faisait douce pour moi, son pas dans le couloir de ma chambre où il venait me rejoindre pour le petit-déjeuner, comme ce matin-là. Ce 7 janvier, l'absence déjà me sidérait. La violence avait envahi ma vie. Je la sentais s'installer. Dès les premiers instants, j'ai compris qu'il y avait eu des failles : la surveillance supprimée devant les locaux du journal, Saïd et toi, libres… Plus tard, après être partie à la recherche de la vérité, je m'apercevrai à quel point ces graves manquements avaient été nombreux à divers niveaux. La colère prenait de l'ampleur et me coupait le souffle. Je bousculais les pensées parasites pour retrouver le visage, les expressions amoureuses de cet homme aimé qui, une dernière fois, m'envoyait de loin un baiser. Je revois son geste, sa voix coule en moi.

Tandis que j'attends qu'on m'informe officiellement de sa mort, tandis que toi, Chérif, toujours derrière ta cagoule de tueur, tu continues ton massacre, je revois ma mère, le jour de l'annonce du décès de mon père dans un commissariat de police des Hauts-de-Seine. Joggant dans les bois de Meudon, il avait eu un infarctus. Il était âgé de 58 ans. J'avais conduit ma mère dans son appartement de Boulogne. Elle ne pleurait pas. Silencieuse, le regard fixe sur l'horizon, peut-être sur l'avenir, elle dit d'un air mystérieux : « Je vais être seule. » Cette phrase a résonné en moi de manière étrange. Je me demandais si elle s'était sentie emportée dans le gouffre de la solitude, de l'isolement, du désert de la vie, ou bien si « être seule » signifiait pour elle « être libre ». Très vite, elle fit la démonstration de la liberté, découverte à 58 ans. Elle était de la génération de la Première Guerre mondiale, n'avait voté que tardivement, ne possédait pas de carnet de chèques et s'en remettait aux décisions de l'homme qu'elle avait épousé, alors âgé d'une vingtaine d'années. Libre, heureuse, entourée d'amis, elle le fut jusqu'à 92 ans, avant de lâcher prise, séductrice, encore et toujours, à l'ultime instant.

À 21 ans j'avais fait ma propre révolution soixante-huitarde en rencontrant mon amoureux, un humaniste, un homme sans concessions. Il m'avait appris la liberté, l'humour, le rire, la légèreté, tu venais de l'assassiner, Chérif.

À l'exemple de ma mère, j'aurais pu penser : « Je vais être seule. » Mais j'ai compris que j'allais vivre dans l'absence, exilée par toi sur cette terre inconnue, ce désert encore insoupçonné.

Qui es-tu pour avoir assassiné mon amoureux ?

En tant que partie civile, j'ai eu accès au dossier de l'enquête et j'en sais un peu plus sur toi.

Après avoir passé ton enfance et ton adolescence dans une maison d'éducation à caractère social, tu as bien mal commencé ta vie de jeune adulte, t'acoquinant, dans les années 2000, avec la bande radicalisée des Buttes-Chaumont. Tu as tout juste 18 ans. Ils t'appellent « le jog-geur des Buttes-Chaumont ». Tu es déjà à l'entraînement et tu passes à l'action. Tu es arrêté dans le dossier dit des filières irakiennes pour participation à la préparation d'actes terroristes, alors que tu t'apprêtais à partir pour l'Irak, dans un but humanitaire, clamais-tu à ta famille. Côté justice, la confiance ne règne pas vraiment et tu files en prison. Tu es incarcéré à Fleury-Mérogis où tu fais la connaissance de radicalisés déjà extrémistes, dont Amedy

Coulibaly et Salim Benghalem. Tandis que tes nouveaux copains, très prosélytes, continuent de dormir en prison, aucune charge n'est retenue contre toi et tu sors en 2006. Là, tu te calmes. Tu te mets à l'abri de la police en effectuant des petits boulots d'intérim, tu vends du poisson dans une grande surface, tu te maries en 2008 avec une amie de ta belle-sœur, la femme de Saïd. Tu effectues en sa compagnie un pèlerinage à La Mecque. Tu lui tiens de longs discours pour lui faire comprendre que tu es opposé aux candidats au djihad, qu'il ne faut surtout pas approcher les organisations terroristes comme al-Qaïda ou l'État islamique. Elle est naïve et croit en toi, savoure tes paroles. Tu es son prophète après Allah. Elle t'aime, elle veut des enfants de toi, enfants que tu n'auras pas.

Pourtant le terrorisme ne te lâche plus. La nuit, tandis que ta compagne dort, tu regardes des vidéos de combats de djihadistes, tu découvres les têtes et les mains coupées, et avec tes copains des Buttes-Chaumont tu n'as qu'un seul discours : le djihad. Coulibaly a été très bon prosélyte. Tu continues à raconter à ta compagne des salades sur la situation en Syrie, que tu déplores mais dont tu t'entretiens sans cesse avec elle. Elle ne se prononce pas, elle écoute. Comment des musulmans peuvent-ils combattre d'autres musulmans ? Tu l'assommes d'informations contraires à ce que tu portes en toi. Lors des interrogatoires en garde à vue, quand elle découvrira tes crimes, elle finira par lâcher : « La prison l'avait cassé. » Et elle s'effondrera à l'évocation de ton décès. Tu l'as trahie.

Quatre ans plus tard, Coulibaly a quitté Fleury et, dans le Cantal, vous trouvez une planque où vous vous rencontrez. Il t'invite à participer au projet d'évasion de Smaïn Ali Belkacem, un de ses amis, converti à l'obscurantisme, mais surtout au combat contre l'Occident. À nouveau tu es mis en examen dans cette procédure judiciaire, mais, encore faute de preuve, après quelques mois de prison tu bénéficieras d'un non-lieu.

Et c'est le grand départ tant attendu pour le Yémen où tu es entré avec la carte d'identité de ton frère. La raison pour laquelle, dans un premier temps, les magistrats ont pensé que Saïd était le meneur. Non, il ne pouvait être le meneur. Il était asthmatique, la découverte dans la C3 d'un inhalateur et de Ventoline en témoigne, de surcroît il souffrait de graves problèmes de vision. D'après son dossier médical retrouvé chez un ophtalmologue de Reims, la ville où il habitait, il souffrait d'un kératocône très avancé. Avec une altération partielle de la vision du relief et des déformations d'images liées à un important astigmatisme des deux yeux, il ne pouvait plus conduire et peut-être pas tirer. C'est bien, toi, Chérif, le conducteur de la C3 et des voitures volées après avoir braqué les automobilistes.

C'est bien toi aussi le passager du vol Oman Air au départ de Paris-CDG à destination de Mascate que tu prends en compagnie de Salim Benghalem, rencontré en prison avec Coulibaly. Un voyage pour Oman, on le sait maintenant, signifiait un séjour au Yémen. Autre preuve de ton départ : à quelques minutes de la fin de ta cavale le 9 janvier, de l'imprimerie où tu t'étais réfugié avec Saïd, tu l'as confié à un journaliste de BFMTV que tu avais appelé. Tu t'es vanté de ce voyage au cours duquel tu as effectué ta formation de terroriste. De son côté, ta compagne a confirmé ce voyage : le 15 août 2011, elle était allée te chercher à l'aéroport et tu arrivais bien d'un vol en provenance d'Oman.

Au Yémen, tu as retrouvé des copains de la filière des Buttes-Chaumont, dont Peter Cherif, finalement arrêté en décembre 2018 – son dossier est toujours en instruction, étant donné son refus de collaborer et son silence. Les magistrats espèrent encore l'entendre. Son dossier est donc disjoint de celui du 7 janvier 2015. À mon grand regret, lui qui t'a bien connu ne sera pas dans le box des accusés, lors du procès aux assises de Paris, prévu au printemps 2020.

Avec eux, déjà devenus des combattants du djihad, tu fais ton apprentissage. D'abord, tu t'entraînes physiquement, le jogging dans les allées du parc des

Buttes-Chaumont n'a pas suffi à faire de toi un combattant du djihad. Simplement une recrue facile à harponner. Ensuite, les chefs terroristes de l'AQPA au Yémen te familiarisent avec le maniement des armes de guerre, t'enseignent aussi comment te fabriquer une ceinture d'explosifs et te faire sauter avec. Quand ils t'ont senti prêt, physiquement et moralement, nourri des sourates du Coran, ils t'ont ordonné d'exécuter le massacre de *Charlie Hebdo*. Il fallait qu'ils croient en toi, ce n'était pas n'importe quelle mission.

Tu as quitté le Yémen tel un surhomme, possédé de la mission que tu venais de recevoir. Au retour en France, tu as profité de ton influence déterminante sur ton frère pour lui transmettre l'ordre. Tu as toujours agi comme un gourou avec Saïd, religieux modéré que tu as converti à une vision sectaire de l'islam. Ensuite, tu te prépares mentalement. Tu disposes d'une cible pour jouer aux terroristes. Tu te sens le roi du monde. Tuer la liberté d'expression de ces mécréants d'Occidentaux, voilà l'ordre. Et éliminer ces arrogants dessinateurs de *Charlie Hebdo* qui osent caricaturer ton prophète à la une de leur journal.

La mission en tête, tu prends ton temps pour agir et te préparer au massacre, convaincre Saïd de s'entraîner de son côté. Avant de passer à l'acte et de réussir la mission, vous effacer des radars de la police paraissait indispensable. Vous étiez tous deux dans le collimateur. Ainsi, depuis novembre 2011 et le retour d'Oman, la DGSI vous avait mis sous surveillance. Disparaître des radars de la police ou de la DGSI, cela aussi s'apprend à l'AQPA : on ne confie pas une mission pareille sans prendre des précautions. La première étant de surveiller ses fréquentations, d'entrer dans une vie normale de citoyen lambda et de se tenir à carreau pendant quelques années jusqu'à ne plus être fiché, c'est-à-dire oublié des services de police qui, en effet, devant le nombre de fichés de plus en plus important, finissent par lâcher la surveillance. En 2013, celle-ci s'interrompt pour toi mais se poursuit encore un an pour Saïd, qui reste identifié à la mouvance islamiste. Te voilà plus décontracté pour multiplier les contacts, recruter des complices, détenir voitures, armes, planques. Tu vas être le maître d'œuvre, le meneur qui pense à tout : aux téléphones et aux armes non traçables, armes qui proviennent des trafics de l'ex-Yougoslavie, tout comme le lance-roquettes que tu portais en bandoulière, le 7 janvier. Quant aux gilets pare-balles, les multiples investigations n'ont pas permis de déterminer quel pouvait en être le fournisseur. Pendant ta formation, tu avais recueilli les bonnes adresses et la façon de faire, celle de savoir te vendre pour obtenir tout ce qui peut être illicite. À partir de 2014, les téléphones utilisés le sont exclusivement vers des lignes dédiées.

En douce, de messages cryptés en messages cryptés, gardant le contact avec le Yémen au cybercafé de Gennevilliers, te déplaçant sans cesse entre le mois de juin 2014 et le 7 janvier 2015, tu avances avec Saïd dans votre aventure monstrueuse. Tu voyages souvent du XIXe arrondissement de Paris, où tu habites un temps avec ta compagne, vers la province. À partir de mars 2014, plusieurs fois par semaine, tu rejoins ton frère à Reims et tu circules beaucoup en Champagne-Ardenne, notamment à Charleville-Mézières où tu as des contacts liés à la mouvance islamiste radicale.

Il en faut des complices pour monter une telle opé-ration. Tu n'as pas été à la peine pour les trouver. Lors du procès aux assises de Paris, je les aurai devant moi. Derrière la vitre des box, ils seront quatorze. Mon regard ne les quittera pas. En fait, ce n'est pas eux que je verrai, c'est toi, Chérif, ta silhouette massive, ton visage bouffi, ton regard noir halluciné d'obscurantiste et de tueur, ce regard qui habitera ce qui reste de mon existence.

Une semaine avant les faits, en compagnie de ta sœur et de Saïd, tu visionnes une émission de télévision où Cabu, mon cher Cabu, mon gourmand de paris-brest et de profiteroles au chocolat, est interviewé. Tu précises à Saïd que c'est bien lui l'auteur des caricatures du prophète. Sans doute de la même façon as-tu repéré la dessinatrice sur la nuque de laquelle tu as braqué ton arme de guerre et que tu as appelée par son pseudonyme. Elle était devenue, d'une minute à l'autre, indispensable à l'accomplissement de ta mission. Entre la mort et la vie, elle a choisi et elle a composé le code. Je pense souvent à cet épisode de l'attentat et je sais que je ne suis pas la seule.

La dernière semaine, tu as pris tes distances avec ta famille. Tu ne téléphones plus, tu ne leur parles plus. Ton extrême prudence dans la préparation de l'attentat te contraint à éviter toute ligne téléphonique. Tu appelles des cybercafés de la banlieue et, parfois, tu communiques par Skype. Les 6 et 7 janvier 2015, tu utilises une ligne dédiée : celle de Coulibaly. Le 7, tu quittes ton domicile très tôt le matin, en jogging noir et long blouson noir, la couleur du califat, abandonnant téléphones sans carte SIM et ordinateurs sans disque dur.

Il est 11 h 33. Sous une poussée violente, la porte d'entrée du journal cède. Il n'y a pas de sas malgré la recommandation de l'audit des lieux effectué par la préfecture. Mais c'est une autre histoire déjà racontée dans mon livre « *Chérie, je vais à Charlie* ». Une affaire sur laquelle plus personne, dans les hautes sphères de la préfecture comme à *Charlie*, n'a envie de revenir. Dossier classé par manque de clarification. Quelqu'un détient une part de vérité qui ne me sera jamais communiquée. La vérité restera en suspens, comme ma vie. Une blessure supplémentaire. Une autre violence.

Un premier pas vers ton but, Chérif. Tu entres et, après un mouvement de recul, comme l'explique le dessinateur Riss, tu te reprends. « Il est où, Stéphane Charbonnier ? »

Alors tu tires. Une balle en direction de mon amoureux qui atteint l'aorte et l'emporte, deux balles, trois balles, sans compter celles qui ricochent de partout. Et tu ne t'arrêtes plus. Le bruit des tirs troue ma nuit bouleversée. Et ce bruit est gravé à jamais dans ma mémoire. Ces tirs, je les ai entendus pour la première fois en visionnant les images du drame parce qu'il fallait que je sache, que j'entende, que je souffre en même temps que mon amour. Toi, derrière ta cagoule, juste tes yeux de chouette découverts, tu as vu son regard auquel je ne cesse de penser.

Avec ma fille, nous avons imaginé tant de situations toutes plus douloureuses. Tu sais, toi, s'il a craint tes balles, s'il a eu un petit sourire moqueur du genre « voilà une belle occasion de partir sans naufrage du corps et de l'esprit ». Ou s'il a eu le regard exorbité d'un homme surpris, affolé. Toi, tu sais, tu l'as vu, et tu as tiré. Tu ne savais rien de lui ni de son travail. Comme tu ne connaissais pas les autres puisqu'en entrant, armes au poing, tu as demandé lequel était Stéphane Charbonnier. Et tu ne pouvais pas t'arrêter à un dessinateur, un mécréant, en criblant Charb de balles, il te les fallait tous. Anéantir le talent. Anéantir la liberté d'expression. Sais-tu la signification de ces mots : « talent », « liberté d'expression » ? Pendant que tu flingues l'équipe du journal, Saïd surveille, se déplace d'une pièce à l'autre, la kalachnikov prête à tirer.

28

En fait, tu n'as même pas eu le temps de croiser son regard. Tu tires à l'aveugle sur une forme humaine. Cette forme humaine, c'est mon amoureux et la première balle est la bonne. Mon amoureux est mort mais tu persistes à tirer. Comme pour les autres, il te faut plusieurs balles pour te garantir que tu as bien accompli ton devoir. Les balles ricochent sur les uns déjà morts, sur d'autres qui seront blessés parce qu'ils ont fait le mort. Tu épargnes une journaliste, dissimulée derrière un muret. Tes yeux de haine sont à l'affût, tu la vois, tu la braques, mais tu l'épargnes parce que c'est une femme, lui dis-tu. Un moment de faiblesse ? Tu n'es pas si sûr de toi que tu le crois. Le joli regard de la journaliste a touché en toi un reste d'humanité. Aujourd'hui, je suis tellement heureuse que tu aies eu cette appréhension, tellement heureuse que cette jeune femme soit vivante, même si, comme pour nous tous, la violence de l'acte que tu as accompli ne l'a pas épargnée. Elle qui t'a vu, a croisé ton regard qu'elle a jugé doux. Moi, qui, d'abord, t'ai imaginé, puis me suis imprégnée des photos publiées par la presse. J'aurais pu faire comme d'autres, n'écouter aucune radio, n'ouvrir aucun journal au risque de se faire plus de mal encore. Non, j'avais un besoin urgent de mettre un visage sur ton nom. D'inscrire en moi ta tête de tueur.

Quand le cauchemar percute ma nuit indécise, je ne te vois pas de dos, mais de face, la kalach à la main. C'est-à-dire dans la position de mon amoureux. Je deviens mon amoureux. Au réveil, je ne suis pas sûre d'être pleinement vivante. Ce cauchemar prend différentes formes tandis que mes jours ont désormais une autre couleur que celle d'avant ta présence en moi, d'avant le meurtre, d'avant le carnage, celle des jours heureux.

Désormais, le goût est âcre, il est celui de l'odeur de la poudre et du sang, l'odeur du 7 janvier dans la trop petite salle de réunion du 10 rue Nicolas-Appert. Comment est-ce possible que l'odeur ait tant imprégné ma mémoire comme ma chair, alors qu'elle n'est passée que par des mots, ceux de certains rescapés, ceux des journalistes ? Le pouvoir des mots, Chérif. Tu connais ce pouvoir puisque tu as obéi à tes chefs sur des mots qu'ils ont prononcés. Pourtant les mots de ceux qui ont tenté de me soigner, d'apaiser l'horreur, afin que ma vie continue sans être un enfer, n'ont eu aucun pouvoir. J'en sors à jamais dévastée.

Au lendemain de l'attentat, le neuropsychiatre Boris Cyrulnik qui a promu l'idée de « résilience » – renaître à la souffrance – vous a définis, Saïd et toi, comme des « enfants normaux, en détresse », « façonnés intentionnellement », « abandonnés »*. En effet, vous avez été manipulés et fabriqués par les sanguinaires de l'AQPA. Mais, enfin, tu viens d'assassiner dix personnes dans la salle de rédaction d'un journal satirique ! Puis-je te considérer comme quelqu'un de normal ? Nombre de jeunes abandonnés qui ont vécu le même parcours que toi ne sont pas devenus pour autant des assassins à la solde d'obscurantistes. Tu as commis un acte fou mais tu n'es pas fou. Tu es possédé.

Après ton coup d'éclat, Chérif, je suis devenue une personne abandonnée, une femme en détresse. J'entends dire autour de moi : « La résilience viendra, ne t'enferme pas dans le passé, tu vas te reconstruire... »

Ceux qui parlent ainsi n'ont rien compris à l'impact de la violence de l'attentat, la violence de l'annonce de l'attentat comme celle de l'annonce du décès, la violence de ceux et celles qui restent dans le déni de la monstruosité vécue et vous demandent de rester vivante quand vous êtes à moitié morte.

Non, il ne s'agit pas d'une reconstruction mais d'une vraie construction, d'abord l'envie de devenir quelqu'un d'autre. La gravité a remplacé la légèreté.

* Propos publiés sur le site en ligne de reSourceS, association sous l'égide de la Ligue Française pour la Santé Mentale.

Légèreté née de l'amour que me donnait cet homme. J'ai souvent écrit ou dit que la vie à deux, la vie en amoureux, s'apparentait à la construction d'une cathédrale, pierre après pierre. La cathédrale s'est effondrée, je n'ai plus de point d'appui solide. Il faut reprendre à zéro pour que je sorte du chaos instauré en moi depuis les événements.

Il y a eu un avant, celui du bonheur et du goût de la belle vie, de l'insouciance créatrice. Il y a un après.

Après.

Que mes nuits ne soient plus peuplées de vos beuglements. Que les kalachnikovs disparaissent de mes cauchemars et vos cagoules de tarés avec. Je lutte en vain pour que ma mémoire vous efface à jamais. Mais toi, Chérif, tu t'incrustes. L'odeur de la poudre et du sang augmente votre soif d'en finir. Elle te donne le courage d'abattre Mohammed, le correcteur, qui a cherché à se dissimuler, allongé par terre dans l'étroit couloir menant à la rédaction. Lui aussi est assassiné à la première rafale. Tu remontes ta kalach et tu observes. Reste-t-il une respiration, un souffle ? Tu croises le regard de Saïd derrière sa cagoule. Encore un mécréant à exterminer ? « On les a tous eus ? » tu cries à Saïd.

Lors d'une réunion organisée par les avocats de *Charlie Hebdo*, quelque temps après l'attentat, j'ai vu la petite femme de Mohammed. Ses vêtements étaient devenus trop larges pour elle, corps et âme ruinés, elle s'adressait à un avocat que l'on venait de nous présenter. Sa voix tremblait. J'ai eu envie de la prendre dans mes bras.

Le carnage accompli, bravache, avec ton frère, vous sortez du 10 rue Nicolas-Appert et, en plein milieu de la rue déserte, vous hurlez votre cri de guerre. Celui-là, je ne l'écrirai pas car je ne peux plus le lire ni l'entendre.

Depuis, s'est installée la peur de la nuit, la peur du sommeil qui m'entraîne dans le noir profond de mon être. J'ai peur que ton frère et toi veniez semer le trouble au creux de mon sommeil. L'angoisse s'invite dans le silence de l'appartement où vibre l'absence. L'absence. Se mettre au lit, dans la chaleur des draps où nous nous sommes aimés, devient un effort de volonté extrême. Je lis tout ce qui me tombe sous la main, journaux, livres, lettres, jusqu'à ce que mes yeux ne voient plus. Les lignes commencent à sauter, je craque, emportée par le sommeil. Et, trop vite, les tirs percent mes oreilles. La kalachnikov flotte sur le nuage de ma nuit.

Qui es-tu sans ta cagoule et ta kalach ? Rien qu'un petit délinquant ignare, transformé en monstre.

Je suis plongée dans *Les Racines du ciel* de Romain Gary, commencé pendant mes vacances et repris au retour, mais mon corps et mon esprit s'ouvrent à la nuit. Je referme le livre, prends un journal parmi ceux qui s'étalent sur la couverture blanche. Mes yeux clignotent sur les pages et ne demandent qu'à se fermer pour une nuit d'apaisement. Une nuit douce sans cauchemar, sans peur qui m'éveille en sursaut. Je bazarde livre, journaux, carnets dans le panier posé sur une chaise qui me sert de table de chevet, chargée de photos, d'objets et de livres fétiches. Le poste de radio tombe sur la moquette. Je ne suis plus que sommeil.

Soudain la kalachnikov revient ou plutôt l'éclat du tir résonne dans mes oreilles, m'alarme encore et encore. Que se passe-t-il ? Quel est ce bruit incessant ?

D'un sursaut, je sors du lit, me rue vers le balcon, ouvre la porte-fenêtre. Pieds nus, je fais quelques pas au milieu des plantes. La tour Eiffel brille dans le ciel noir de la ville. Je retourne vers le lit, avec l'angoisse de ne pas me rendormir et de vivre demain une journée effrayante. Comprends-tu ce que tu as fait de mes nuits, de mon corps, de mon âme, petit braqueur passé djihadiste ? Tu fais honte à ta communauté, aux tiens, tes frères. Tous des musulmans. Vous partagez la même religion, mais eux la pratiquent dignement. Tandis que toi et ton frère, et votre pote Coulibaly, qui lui a agi le 8 janvier, un voyou comme vous, passé djihadiste par ignorance, par folie pure puis par devoir, comme tous ceux qui ont agi avant vous et après vous, comme ceux du Bataclan, une bande de petites racailles qui a semé l'horreur dans notre pays, vous représentez une minorité, dans votre communauté. Pas toi ni ton frère et tes compagnons de l'horreur, pauvres marionnettes, mais les autres, les chefs qui donnent des ordres de mission, quelles sont leurs intentions envers les Occidentaux ? Provoquer une vraie guerre des civilisations ? Avec pour objectif certain d'aller recruter dans les populations les plus démunies reléguées dans les banlieues, celles qui souffrent de n'avoir rien, sinon la drogue à se procurer et à vendre. D'une drogue à l'autre, l'extrémisme, l'obscurantisme religieux, Saïd et toi, vous avez choisi.

Dans une certaine opinion publique, et méfions-nous de cette opinion publique-là, vous avez fait de vos frères musulmans des suspects, peut-être des coupables. Et le pays se craquelle de toute part. Et Houellebecq crie à la soumission. Et les faiseurs de races, les extrémistes conservateurs, deviennent, comme toi, des ignorants. Ne s'agit-il pas d'une guerre entre musulmans, déclarée par les salafistes qui prônent une religion obscurantiste, le retour à la charia et à la haine ? Nous le savons, les salafistes combattent une religion souvent jugée occidentalisée, pratiquée par la majorité des musulmans de France. Ils recrutent des voyous sans envergure comme toi. Tu crois avoir reçu l'appel du Coran, tu te jettes dans le djihad. Tu es facile à manipuler, ils vont pouvoir faire de toi un djihadiste combatif, te rendre capable de semer la terreur à travers un pays. À travers le monde. Pour se justifier, tes chefs ont trouvé une astuce : la mort en martyr et les vierges qui vont avec.

Désormais la terreur est de mon côté. Tout autant que la violence, elle ne m'habite pas, elle m'envahit. Comme elle a envahi le cœur de ma fille. Certains soirs, elle appelle. Sa voix craque dès la première phrase, un flot de sanglots dit son chagrin, son désespoir, sa désillusion face à la vie. Ils s'aimaient fort, tous les deux.

Pour lui, elle était l'enfant du bonheur. J'entends encore leurs éclats de rire auprès de la table à dessin ou au retour de la fête de l'*Humanité*. Aujourd'hui, derrière son combat permanent pour vivre sans lui, elle est perdue, elle comble le temps sans la présence de ce père adulé. Elle dérive, lutte, se reprend, et finit par gagner en lucidité et en force intérieure. J'écoute ses sanglots et je suis désemparée. J'essaie de mettre des mots sur ses maux. Quand elle raccroche, je sais que ma nuit sera agitée. Elle revient souvent dans les cauchemars qui m'encombrent.

Ainsi, il y a quelque temps, ce rêve qui m'a terrorisée pendant des jours. Je l'ai inscrit, comme tous les autres, dans un carnet, ouvert à cet usage. Le livre des cauchemars. Les pages ne sont plus blanches ; des mots par centaines les remplissent. Des mots comme des signes de détresse.

« Je me trouvais devant la grille de mon immeuble, une voiture s'est arrêtée devant moi, je suis montée. À l'intérieur, il y avait ma fille, un chauffeur et sur le siège passager un homme en costume-cravate, qui s'est retourné vers moi. Ma fille s'est approchée de moi et m'a soufflé à l'oreille d'une voix terrorisée : "C'est une voiture du ministère de l'Intérieur." Et l'homme a poursuivi : "Vous êtes prises en charge par le ministère de l'Intérieur, sinon ils vont vous tuer." ILS.

39

J'étais étonnée, n'ayant reçu aucune menace. Et l'homme a continué : "Ils agissent comme cela maintenant mais nous arrivons à déjouer leurs nouveaux projets d'assassinats. Fermez la portière, nous devons faire vite." Et la voiture a démarré pour une course folle. »

Au réveil, j'étais assommée. Que signifiait cette mise en scène ? Pourquoi cinq ans plus tard ? Le 7 janvier était bien là, encore gravé dans ma chair.

Ce 7 janvier, en sortant des locaux de *Charlie Hebdo*, et après avoir assassiné Ahmed Merabet, vous remontez dans la voiture, la C3 volée dès juin 2014, comme si rien ne vous inquiétait, les policiers de la BAC ayant disparu et aucun renfort plus armé ne venant. Tu lances le moteur et démarres en trombe. Là, Chérif, tu manques à ton devoir : celui de te faire tuer à ton tour pour rejoindre là-haut les soixante-douze vierges promises. Tu n'attends pas les gars du GIGN, portant comme vous des armes de guerre ? D'ailleurs, ils ne viendront pas. Des journalistes, des dessinateurs, des artistes... Pourquoi se précipiter ?

Certes il n'y a pas d'obstacle mais je ne comprends pas votre réaction de fuir. La mission semble amputée. Le massacre accompli, « On les a tous eus ! », ton cri de satisfaction avant de quitter les locaux de *Charlie*, votre rôle était de mourir. Mourir en martyrs.

Visionnant avec attention la vidéo des journalistes de l'agence de presse située en face des bureaux de *Charlie*, je ne perçois aucune conversation entre vous deux. Vous casez vos grandes jambes noires dans la C3, tu es au volant et, quand tu démarres, la rue est toujours déserte. Douze personnes viennent d'être assassinées et les tueurs s'enfuient sous l'œil abasourdi des voisins, tous derrière leurs fenêtres, et de quelques passants égarés. Aujourd'hui, je revois ces images avec effroi. Tant d'appels téléphoniques ont été passés à la police dès votre entrée dans l'immeuble, comment comprendre l'absence du GIGN ? Il s'agissait d'un journal satirique menacé depuis des années. Il s'agissait d'artistes et de liberté de pensée.

Une autre version des faits est plausible. Elle a été exprimée par le juge Marc Trévidic, patron du pôle judiciaire antiterroriste. D'après lui, ta mission ne s'arrêtait pas au massacre des dessinateurs de *Charlie Hebdo*. Elle se poursuivait. « Au vu de ce que l'on sait, explique Marc Trévidic, les frères Kouachi étaient en route pour une campagne d'attentats. » Compte tenu du matériel abandonné dans la C3, holster, chargeur garni de cartouches, gants en latex, cagoules noires,

42

talkies-walkies, gyrophare bleu, pare-soleil « Police »,
caméra GoPro, ruban adhésif, masques de protection,
matraque, tout un arsenal non utilisé dans les locaux
de *Charlie Hebdo*, en effet, et même si l'information
n'a pas été diffusée en raison de la terreur qu'elle
aurait pu susciter, vous aviez, Saïd et toi, bien d'autres
projets criminels, d'autres missions ordonnées et non
accomplies. Pourquoi ? En abandonnant la C3, après
un accrochage dû à ta fébrilité, vous avez aussi laissé
derrière vous tout votre attirail. Alors vous fuyez
comme des fous, vous vous mêlez aux embouteillages
et vous défiez la police partie à votre chasse. La C3
ne démarre plus. Vous braquez un automobiliste et lui
volez sa Renault. Vous ne savez plus quoi décider.
Vous n'aviez peut-être plus le cran de mener à terme
vos missions après l'épreuve de *Charlie Hebdo*. Mourir
en martyrs, ce n'est pas si facile et c'est pourtant votre
objectif. Là vous êtes désemparés, vous vous inquié-
tez et faites n'importe quoi, vous roulez n'importe où.
À la recherche de complices ?

La Renault fonce à travers la circulation, et vous
échappez une nouvelle fois à la police. Dans la Clio, Saïd
s'aperçoit qu'il n'a plus sa carte d'identité dans sa poche.
Il cherche. Nous savons qu'elle est restée dans la C3,
tombée dans la précipitation de votre fuite. Vous voilà

donc identifiés, sans équipement, et complètement affolés. Chérif, comme un bon soldat aux ordres, tu as multiplié les ruses lors de la préparation de l'attentat, mais après avoir abattu douze personnes, te voilà seul dans une situation que tu n'avais pas envisagée. Saïd ne te sert à rien. Il voit mal, il n'a plus sa Ventoline, il est plus démuni encore que toi. La fuite, n'est-ce pas pour sauver votre peau ? Avec la culpabilité de ne pas avoir su poursuivre votre mission, ordonnée de l'autre côté de la Méditerranée.

Le premier loupé est donc la perte de la carte d'identité. Les policiers savent qui ils recherchent. Les téléphones sonnent à ton domicile, Chérif, ta compagne est emmenée en garde à vue, l'appartement fouillé de fond en comble. Pendant ce temps, tu continues ta course à travers les rues de la capitale puis en banlieue. Tu fais un arrêt à Villers-Cotterêts, dans une station-service. Vous êtes tous les deux à visage découvert, kalach en main, vous braquez le personnel et vous volez de la nourriture, des gâteaux et des bouteilles d'eau sous les yeux d'un pompiste ahuri. La vidéosurveillance témoignera de ton calme durant les quelques minutes que dure cette opération improvisée. Comme tu sais bien dissimuler la peur qui règne en toi. Tu as appris à tout dissimuler au Yémen et tu y parviens.

Le 8, comme prévu, Coulibaly passe à l'acte, s'en prenant à une supérette casher. Il est plus exalté que vous ne l'avez été dans les locaux de *Charlie*. Coulibaly sème l'horreur. Pendant ce temps, Paris est en danger, et vous, vous vous perdez jusqu'à débarquer, le 9, à Dammartin-en-Goële, une commune de Seine-et-Marne, dans une imprimerie. Après avoir bivouaqué, vous cherchez donc un refuge. Vous en étiez là.

À l'imprimerie, tu demandes à M. Catalano, l'imprimeur, d'appeler la police. Toi et ton frère, vous n'en pouvez plus. Vous êtes à bout de souffle. C'est la fin, tu le sens, bientôt la mort en martyr et c'est pour cela que tu fais passer cet appel à la police. Deux jours durant, la France, elle aussi, a eu peur. Le ministre de l'Intérieur était à cran : deux tueurs dans la nature et les dessinateurs et journalistes de *Charlie* assassinés. Tandis que tu t'acharnes sur l'interphone pour que l'on vous laisse entrer, ton frère croise un employé terrorisé par la kalach pointée vers lui. D'emblée, il lui annonce qu'il ne descend pas les « civils », il évoque le massacre de *Charlie Hebdo*, la vengeance du prophète et tente de le convaincre des bienfaits de l'islam. M. Catalano a ouvert la porte de l'entreprise car il attend un fournisseur, vous entrez et commencez par baratiner l'imprimeur avec votre litanie sur le Coran, le prophète… affirmant encore une fois que tu es un membre d'al-Qaïda et que ton objectif est de venger ton prophète bafoué.

Pendant ce temps, comme à *Charlie*, Saïd va de pièce en pièce et surveille. Au détour d'un bureau, il masque une photo de pin-up et invoque l'insulte à Allah. Du bureau de M. Catalano, tu appelles BFMTV et tu t'expliques avec un journaliste. Tu dis que tu n'es pas un tueur (après douze meurtres à ton actif), mais un défenseur du prophète. L'imprimeur vous sent de plus en plus « exaltés ». Pendant ce temps, deux gendarmes de la brigade de Dammartin-en-Goële pointent leurs armes vers l'entrée, tu sors et tu ouvres le feu. L'un des gendarmes réplique et te touche au cou. Blessé, tu rejoins l'intérieur où se trouve Saïd. Tu perds beaucoup de sang. Tu demandes de l'aide à M. Catalano afin qu'il te mette un pansement. À 16 h 50, le GIGN se positionne pour l'assaut final. Ce GIGN que l'on attendait deux jours plus tôt devant le 10 rue Nicolas-Appert. L'ordre a enfin été donné pour que la compagnie se déplace. Tu entraînes Saïd pour l'ultime combat, vous tirez, les policiers répliquent et vous neutralisent. Tu meurs en martyr, à côté de Saïd. Deux frères fusionnels, comme le dira votre sœur lors de sa garde à vue, fusionnels jusqu'à la mort.

Trente-six heures se sont écoulées depuis l'assassinat de mon amoureux.

Des faits, des faits, des questions, des questions, se battre contre des moulins à vent, plonger sans cesse dans ce terrible événement, chercher à connaître le moindre détail, voilà dans quoi tu m'entraînes, Chérif. Des pensées noires ont colonisé mon esprit, au point d'altérer mon jugement.

À 21 ans, lors de ma rencontre avec mon amoureux, des rêves peuplaient mes jours. Désormais, Chérif, les cauchemars ne me lâchent plus.

Et tant d'ombres demeurent. Le silence des officiels s'avère jour après jour, depuis cinq ans, une autre forme de violence. Pour quelle raison à la fin du mois de novembre la surveillance policière, installée depuis plusieurs années aux abords des locaux du journal, avait-elle été supprimée ? Depuis le 7 janvier, je n'ai cessé de poser la question. Elle restera une énigme à laquelle je pense trop souvent. Un véritable secret-défense.

Il semblerait que l'omerta demeure. Un ordre officiel a été donné pour une raison X par la préfecture de police en accord avec le gouvernement. Lors de mon enquête après la publication de *« Chérie, je vais à Charlie »*, une réponse (éventuelle) m'a été apportée par un policier, venu me rencontrer chez moi, après m'avoir laissé un mail. Sa version consistait à expliquer la suppression de la surveillance policière en raison de la menace qui, depuis quelques semaines, pesait sur les policiers en surveillance devant le journal. Cette version m'avait sidérée. Au lieu de renforcer la surveillance des policiers et des caricaturistes-journalistes, « on » avait fait un choix. En fait, ce choix pourrait correspondre à l'esprit qui régnait à l'époque au sein de la police à propos du journal. Certains syndicats de police opposés à la surveillance de *Charlie*, « journal provocateur », s'étaient exprimés publiquement sur le sujet. Les tracts sont là pour en témoigner. Qu'en était-il de l'esprit qui régnait à la préfecture ? Un journal dont la parole est libre, un journal sans influence et qui ne bride pas son désir de liberté d'expression est toujours gênant quelque part pour des politiques.

Le silence est plus difficile à entendre que la vérité. Cette vérité, je la veux. Elle abolira ma blessure. Le silence en haut lieu est une violence qui s'ajoute à celle que tu as fomentée, toi, le tueur.

Tu es mort, Chérif, et moi je vis dans l'angoisse de la nuit. Dans l'angoisse de l'avenir, dans l'absence, dans le silence de cette demi-vie sans joie, sans amour, sans son regard. Tu ne peux pas comprendre ce que j'éprouve aujourd'hui. On t'a transmis la haine, jamais l'amour. Le livre des cauchemars ne cesse de se remplir. Scrupuleusement, je les inscris dès le réveil pour ne pas les oublier ou les déformer.

Après l'assassinat de mon amoureux, après l'effervescence des jours qui ont suivi, l'entourage des amis, la présence d'une famille qui se souvient qu'elle est une famille, survient le terrible moment de la séparation définitive. Ce 11 janvier, jour des funérailles. Dans l'enceinte de la salle de la coupole du Père-Lachaise, j'ai perdu définitivement l'homme qui m'était source de tant de joies, avait répondu à mes désirs, soulagé mes peines, encouragé mon travail d'écriture. L'homme qui regardait les femmes m'avait élue et aimée.

La cérémonie du Père-Lachaise m'a laissé un tel souvenir d'effroi qu'elle est à l'origine de l'un des cauchemars les plus récurrents. Il se déroule dans mon sommeil ébranlé, comme il peut survenir le jour, dans un espace de solitude.

Je suis entourée de monde dans la salle de la coupole. Une foule en gris, en noir ou en rouge, mais une foule triste s'est déplacée malgré la pluie, le froid. Je ne vois rien. Je suis tel un automate sourd et muet. Ma fille est près de moi avec ses petites sur les genoux. J'ai choisi la musique mais pas les paroles des amis qui s'expriment. Je ne me méfie jamais assez. Soudain retentit la trompette de Miles Davis, dernier CD que mon amoureux avait écouté et laissé dans son appareil. Je n'entends pas. Je ne suis pas là, je suis dans un ailleurs où je n'entends que les tirs puis l'annonce violente dans un combiné téléphonique de la mort de mon amoureux. Une musique cubaine me rappelle que j'assiste aux funérailles de cet homme, cet amant, cet amoureux, ce frère, ce meilleur ami entre tous, ce père qui s'abreuvait de jazz et de chants cubains. Soudain, la musique explose, celle que nous écoutions souvent le soir devant la cheminée de l'appartement du boulevard Saint-Germain. Je l'ai souhaitée mais, là, je ne peux plus parce qu'elle annonce le pire. Le cercueil prend son envol vers la crémation. Le cri lancé par Bianca, 5 ans à l'époque, me révèle que c'est fini.

Que je sois dans une réunion professionnelle ou amicale, soudain le cauchemar est là, le cercueil monte vers les flammes, mais j'ai l'impression qu'il vise le ciel. Cette image, suivie du sanglot déchirant de ma petite Bianca, ne me quitte pas.

Chérif, tu as fait de moi un réceptacle à cauchemars.

De temps en temps, mon esprit se révolte et te chasse de ma vie. Il t'efface, alors mes nuits se font plus douces et me tendent les pages d'un rêve.

Je descends d'un taxi. La nuit est bleu marine. Je traverse le jardin de la résidence d'un pas vif avant de m'arrêter devant le buisson de roses, mon cœur se met à battre très fort comme sous le coup d'une émotion : j'ai aperçu une lumière dans mon bureau. Mon amoureux est là à m'attendre, préparant un petit mot qu'il dépose sans doute dans l'une des pièces que j'occupe.

L'ouragan dévastateur du 7 janvier n'a pas eu lieu et la vie suit son cours.

Je trépigne, l'ascenseur ne monte pas assez vite. J'éprouve le désir intense de me jeter dans ses bras, de me laisser câliner des heures, ma tête sur son épaule. J'ai 21 ans, il m'appelle « ma petite blonde », je me fiche des remarques acerbes sur mon féminisme que l'on met en doute parce que je vis avec lui. J'aime cet homme, et il m'aime.

J'ouvre la porte, il est assis dans le fauteuil bleu face à mon bureau. Il m'accueille d'un large sourire et me fait signe de m'asseoir sur ses genoux. Sans hésitation, je le rejoins. Nous nous embrassons comme deux très jeunes amoureux. Il n'a pas 80 ans mais 16, 17 ans, il est le jeune homme de la photo qui trône sur la console où je range mes dictionnaires de travail, à côté de mon bureau. Une couronne de cheveux frisés entoure son visage rieur. Je n'ai pas retiré le manteau bleu à col de velours que je porte le jour de notre première vraie rencontre. « Un manteau de collégienne », selon lui. Un long moment de plénitude. Des instants de bonheur pur. Le silence de la nuit nous envahit.

Soudain, dans ce silence paisible, l'alarme assourdissante d'un camion de pompiers retentit. Je suis réveillée en sursaut. Je suis bien dans le fauteuil bleu mais seule. Définitivement seule. Je ne me rendormirai pas.

Nous étions cinq ans après l'attentat du 7 janvier, et ce soir-là, comme beaucoup d'autres, j'éprouvai une douleur insurmontable en constatant qu'il ne m'attendait pas. Il ne m'attendrait plus. Je devais combattre le déni.

Il y aura bien eu un traumatisme psychique, et pas de résilience.

Ma mémoire n'a retenu que la violence de la blessure. Je suis devenue sa prisonnière. Elle m'enchaîne dans le cloître du passé. Si j'en crois les spécialistes de la résilience, je n'aurais pas trouvé autour de moi assez d'amour, assez d'attachement pour partager la foudroyante émotion que j'ai vécue ce 7 janvier 2015. Où trouve-t-on cet attachement ? Dans la famille proche, répondent les thérapeutes. Mais la famille entière a été impactée par la violence de l'attentat, de l'assassinat du pilier de cette famille. La sidération est telle qu'elle entraîne une fracture entre ses membres, déjà pas complètement accordés auparavant.

Dans son livre *Résilience, connaissances de base*, Boris Cyrulnik écrit : « Dans les familles chaotiques où l'attachement est désorganisé, aucune base de sécurité ne peut fonctionner, aucun récit ne peut être partagé*. »

Chacun essaie de faire ce qu'il peut pour se sauver lui-même. Il n'y aura pas eu de lieu de parole. Plutôt un lieu d'évitement. La violence n'aura pas été exprimée. Elle demeure ancrée en nous tous.

La violence de l'attentat a pulvérisé nos mécanismes de défense.

Il y aurait des limites à la résilience. La biologie aurait son mot à dire, en particulier l'apport de sérotonine. Certains éprouveraient douloureusement un événement qui pour d'autre serait un coup du sort désagréable**.

La violence de l'attentat et les violences qui ont suivi, l'annonce, les zones d'ombre, etc., ne sont pas pour nous un coup du sort désagréable. Elles ont provoqué une véritable rupture, une disharmonie dans nos vies. Elles se situent au-delà du « coup du sort ».

L'attentat de *Charlie Hebdo* était programmé depuis longtemps, les Renseignements ne pouvaient l'ignorer.

* Boris Cyrulnik, « Pourquoi la résilience ? », *in* Boris Cyrulnik et Gérard Jorband (dir.), *Résilience, connaissances de base*, Odile Jacob, 2012.
** *Ibid.*

La vérité ne sera pas dite. Cela ne m'empêchera pas de continuer mon investigation. La vérité au risque de ma vie, comme dirait la philosophe Simone Weil.

Chérif, tu es passé dans nos existences pour les déconstruire. Que tes complices, dans le box des accusés, entendent ma supplique.

Ce 7 janvier 2015, tu as fait entrer la mort en moi. L'absurdité, l'inconcevable de la disparition de mon amoureux a mis un terme à la vie que j'avais menée jusqu'à ce jour. Après l'annonce terrible, je l'ai ressenti dans ma chair.

La vie s'est arrêtée. Elle avait perdu tout sens. Je flottais dans un espace délirant.

Après j'ai oscillé entre le naufrage dans lequel je pouvais vite être entraînée et le combat créatif face à l'avenir. Demeurer au confluent des deux s'est rapidement avéré inopérant.

Dévastée et passive, la vie a été la plus forte. Son fil m'a tirée vers le haut. Celle d'avant l'attentat, celle de la « parenthèse du bonheur », selon l'expression de mon amoureux, n'a pas résisté au massacre que tu avais commis. Elle est morte. Une autre devait surgir et renaître, malgré ma lucidité sur les difficultés à venir et la violence des images qui défilaient en moi, un film sans fin avec, au générique, toi, le principal acteur. Inutile de jouer le rôle de la reine Isis. Il fallait se confronter à la triste et toujours impossible réalité : vivre sans lui. Vivre ou survivre, il y avait désormais un choix à faire.

Nombreux sont les amis qui m'entouraient. Ils parlaient de deuil, de reconstruction par le souvenir. Des paroles que je n'avais pas envie d'entendre. Je préférais être seule, seule avec peut-être ce qui me restait de mon amoureux. Je m'étais mise à penser à l'immortalité de son âme. Des pensées souvent incompréhensibles m'assaillaient. Certaines lectures de mon adolescence, faites après la mort de ma grand-mère adulée, me revenaient en mémoire. Je me souvenais avoir été intriguée par le processus de décorporation, une sorte de transition entre le mortel et l'immortel, du moins l'avais-je ainsi compris et gardé en mémoire. Parfois, c'était une consolation de penser que la séparation n'était pas complètement définitive. À d'autres moments, je me perdais dans le labyrinthe de mes hallucinations.

La mort ? Il y a bien eu des morts autour de moi, ma grand-mère et ce joli sourire sur ses lèvres, au lendemain de son chemin de vie chaotique mais libre. Ma mère dont j'étais très proche, cette séductrice qui s'est préparée, habillée, maquillée, sentant la mort avancer vers elle. Là encore, un sourire sur ses lèvres carmin.

Après le 7 janvier et depuis, le questionnement de la mort n'a jamais été aussi prégnant. Qu'est-ce que la mort ?

Deux jours après l'attentat, j'avais demandé à voir mon mari dont je savais enfin où se trouvait le corps. Dans ce laps de temps, l'amoureux était devenu un corps et non plus un homme, une dépouille, rapatriée à l'Institut médico-légal. Pour moi, il restait mon amoureux. Le voir m'avait procuré un accès de bonheur. Sur ses lèvres, il y avait comme un sourire ironique. À cet instant, j'aurais souhaité être la reine Isis et, comme elle, lui insuffler la vie afin qu'il ressuscite. Mais ce que j'avais devant moi n'était plus qu'une enveloppe corporelle. J'en avais eu l'intuition, la sensation. Lui était dans un ailleurs, au-delà de notre univers.

Je me souviens avoir eu un mal fou à quitter ce lieu où reposait l'homme que j'avais aimé. La vue de son corps m'avait apaisée. Quand cela a été de nouveau le cas le jour des funérailles, avant la « levée du corps », une ultime fois, j'ai baisé ses lèvres. Elles n'étaient plus les mêmes. Son sourire s'en était allé avec la vie.

Wolinski, talentueux dessinateur de falaises d'où l'on pouvait rêver de se jeter, écrivait :

« J'ai vérifié, il n'y a aucun dysfonctionnement dans ma vie et pourtant il y a quelque chose qui cloche : il paraît qu'un jour, je vais mourir. »

Cette phrase tourne souvent en boucle dans ma tête.

Nous entretenions de longues conversations sur le sujet. Il ne comprenait pas ma sérénité face à l'idée de mort. Mes lectures m'avaient permis d'inclure la mort dans la vie, de ne pas la considérer comme la négation de la vie.

La mort le mettait en rage, elle me guidait vers la sagesse et l'humilité. J'avais souvent interpellé ma mère sur ce sujet. Les derniers mois de son existence, il lui arrivait de m'interroger sur cette mort à laquelle elle résistait. « Pourquoi, moi, je devrais mourir ? » questionnait-elle. Je lui faisais remarquer son manque d'humilité, pourtant très présente dans la religion catholique, ancrée en elle. Elle rétorquait qu'il était facile de parler d'humilité quand on avait la vie devant soi. Elle ressentait avec horreur la fuite du temps. Mes paroles, que je croyais apaisantes, provoquaient sa colère.

Mon amoureux, grand lecteur et admirateur de Victor Hugo, aurait dû entendre le discours mémorable que prononça l'écrivain en exil le 19 janvier 1865 à l'occasion des funérailles de la fiancée de son fils, au cimetière des Indépendants de Guernesey. Devant le caveau ouvert de la jeune fille, emportée par la tuberculose, il rend justice à la mort.

« Ne soyons point ingrats envers elle. Elle n'est pas, comme on le dit, un écroulement et une embûche. C'est une erreur de croire qu'ici, dans cette obscurité de la fosse ouverte, tout se perd. Ici, tout se retrouve. La tombe est un lieu de restitution. Ici l'âme ressaisit l'infini ; ici elle retrouve sa plénitude ; ici elle rentre en possession de toute sa mystérieuse nature ; elle est déliée du corps, déliée du besoin, déliée du fardeau, déliée de la fatalité. La mort est la plus grande des libertés. »

Victor Hugo, on le sait, se livrait au spiritisme. Il trouvait naturel que les esprits existent. Dans cette étrange période de ma vie, j'avoue m'être laissé emporter par le lyrisme d'Hugo.

Désormais je pensais que si la mort libère celui qui s'en va, elle risque d'enchaîner celui ou celle qui reste dans le cloître du passé. N'était-ce pas ce que je vivais, entourée des photos de mon amoureux, de ses petits mots doux, de ses vêtements ? Souffrant trop souvent du manque, du vide, du gouffre, du silence de l'absence ?

Certains me parlent de solitude. La solitude a toujours été une amie, une forme de liberté, une compagnie. L'absence est un désert, une dévastation.

L'absence, c'est avant tout le regard de l'autre qui a disparu. C'est vivre en compagnie de son propre regard, toujours plus critique et cruel. C'est vivre avec la terreur de s'habituer à parler seule. Parler tout haut. Se faire sa propre conversation, soliloquer. Une conversation est un échange de paroles, de réflexions, de pensées. Est-il possible d'échanger avec soi-même ? J'éprouve parfois la terreur de me replier sur moi, privée de la douceur du regard qui n'est plus. Lui seul, l'Absent, pouvait porter sur moi ce regard apaisant, même s'il m'est arrivé parfois de le trouver hardi.

Il y a quelque chose de spirituel, peut-être de sacré, dans l'absence que je vis.

Mon présent, c'est l'absence.

Dans le recueil de textes *La Mort, et après ?*, livre collectif auquel j'ai participé, je note ces quelques lignes d'Alain Finkielkraut : « Je ne me rassure pas en cherchant à croire à l'au-delà. Cette inquiétude, je ne la règle pas. Je suis inconsolable. Si je survis à la personne que j'aime, je serai à jamais dévasté*. »

Dévastée, je le suis.

Mon amoureux ne sera jamais mort. Je porte en moi son amour et le mien demeure intact.

---

* Alain Finkielkraut, « Face à la mort, je suis inconsolable », *in* Patrick Bezier et Sarah Nicaise, *La Mort, et après ?*, Presses du Châtelet, 2018.

Dans le dressing de ma chambre, j'ai suspendu une veste appartenant à mon amoureux, une veste qu'il appréciait particulièrement – il l'avait achetée en Autriche, lors d'une exposition à l'Institut culturel français. J'ai laissé dans la poche supérieure, comme il l'avait lui-même rangé, un mouchoir de soie que je lui avais offert. J'ai ajouté son feutre gris et posé au sol une paire de chaussures en croco, façon mafioso, que nous avions trouvée sur un marché lors de notre deuxième voyage au Cambodge.

Chaque matin, j'embrasse la manche de la veste, je remets en place la pochette. À plusieurs reprises, entrant dans le vestiaire, j'ai été surprise par un effluve qui se dégageait de ce petit espace consacré aux vêtements. Je l'avais reconnu : le parfum de mon amoureux.

Je m'étais entendue dire à voix haute cette étrange phrase : « Tu es là mon amour. » J'étais restée un instant, éprouvant une joie immense qui m'avait portée au fil de la journée.

Une autre fois, je passais en coup de vent dans mon vestiaire, ayant oublié de prendre un foulard, et, cette fois, j'avais dit : « Je ne peux pas rester et profiter de ta présence, je suis pressée. » Et la même sensation de bonheur avait empli ma journée.

Mais qu'est-ce que je raconte ? Qu'est-ce que je me mets dans la tête, Chérif, qu'est-ce que tu as provoqué ? Je débloque ou je suis sincère ? Dans quel monde désormais erre celui que tu as assassiné ? Un monde auquel je ne peux accéder. Ce monde existe-t-il vraiment, parallèle au nôtre, comme il est dit dans certains livres ? L'au-delà du monde ? Ces questions inspirées de mes lectures anciennes d'Elisabeth Kübler-Ross ressurgissent. J'avais effacé de ma mémoire ces lectures de plus de vingt ans. Elles reviennent dans la foulée de l'assassinat.

La vie est devenue désert. La mort violente m'a pétrifiée. Je suis une autre sans l'être vraiment. Alors, tout devient possible. Je m'invente des échappatoires, des subterfuges pour abolir le « jamais plus », cette pensée insupportable du « définitif ». Parfois, Chérif, le désir de la présence de mon mari que tu as assassiné est si vital, si obsédant, il me torture, m'éloigne du monde, m'éteint. Je vais de suppliques en suppliques. Qui peut imaginer à quel point cette douleur est insurmontable ? Le désir de la présence de mon amoureux est si vital que les frontières de la vraisemblance s'estompent.

En fait, je demeure dans une intrigante ambivalence, une attitude complètement schizophrénique. Cartésienne un jour, en accord avec les scientifiques qui proposent des explications neurophysiologiques. Les expériences de l'au-delà relatées dans certains livres seraient de simples hallucinations d'un cerveau privé d'oxygène à l'approche de la mort. Le lendemain, j'oublie la raison et j'ai foi, une foi aveugle, une foi chrétienne, en l'immortalité de la pensée, de l'esprit, de la conscience. L'immortalité de l'homme, être physique voué à la mort, ne peut être que celle de l'âme. L'homme, la femme se fourvoient quand ils cherchent l'immortalité du corps matériel. Il gagnera quelques années, pas l'immortalité.

À présent, devrais-je me résigner à la mort de mon amoureux, à son départ définitif ? Déjà, « se résigner » est un verbe qui ne me convient guère.

Je lis Sénèque à la recherche d'un remède pour mon âme intranquille. Une injonction de stoïcisme pourrait-elle apaiser la souffrance morale qui me blesse et me limite ? Dans *La Tranquilité de l'âme*, le philosophe conseille à son ami, Serenus, dont l'âme a le mal de mer – ce que je ressens moi-même –, de faire appel à la raison pour « triompher des obstacles ».

« Tu verras ce qui resistait s'assouplir, s'élargir ce qui était étroit, et les fardeaux s'alléger aux épaules qui sauront les porter*. »

* Sénèque, *La Tranquilité de l'âme*, in *Entretiens. Lettres à Lucilius*, textes réunis par Paul Veyne, Robert Laffont, coll. « Bouquins », 1993.

Sortir le soir, Chérif, est devenu presque une obligation pour éviter de me trouver attablée face à une photo où nous posons tous deux, au festival de Deauville. Cette image encadrée dans la cuisine, face à l'emplacement où j'ai l'habitude de prendre mes repas, et que je ne cesse de regarder, m'apporte autant de plaisir que de désespoir. Pour éviter un tel face-à-face, j'accepte toute invitation qui me conduira hors de mon appartement, qui est aussi mon espace de travail. Vivre dehors reste pourtant une illusion, les images, les souvenirs, les cauchemars me poursuivent. Je préfère parfois les illusions au réel. L'absence, Chérif, est ma plus grande douleur.

Un soir, après un dîner, une amie médecin me fit une remarque étonnante. Elle prétendait que je ne cessais de porter la main gauche sur mon cœur et que cela l'inquiétait. Une autre amie insiste. Elle aussi s'est posé la question. Elle a remarqué ce geste depuis un certain temps. Pourquoi ne dis-je rien à ce sujet ? Leur inquiétude me surprend. Je n'ai jamais eu conscience d'un tel geste... Une seconde plus tard, ma mémoire est traversée par l'image de la kalachnikov tirant sur l'aorte de mon amoureux. Combien de fois ai-je cherché dans mon dictionnaire de médecine où se situait cette artère, le rôle qu'elle jouait. « Principale artère de l'organisme, elle naît à la base du ventricule gauche et distribue le sang oxygéné par les poumons dans tout le corps. » Le tir fut fatal, Chérif. Ne pas rater ta cible, cela aussi, tu l'as appris au Yémen ?

Je passe ma main devant mes yeux, je cherche à chasser l'horreur, comme j'ai pris l'habitude de le faire quand ces représentations, issues de mon imagination, m'assaillent. Je ne veux pas voir la suite. Que le film s'interrompe. Je pose ma main à cet endroit pour protéger l'organe qui a emporté l'homme de ma vie. Mes amies viennent de m'en faire prendre conscience. Et j'entends les phrases devenues habituelles : « Prends de la distance. » Ou bien : « Pourquoi vivre dans cette tragédie, la vie est devant toi. » Ou encore : « Ouvre ta porte à un autre homme, à l'amour, et tu verras, tu iras beaucoup mieux. » Je m'offusque ou je souris selon la personne qui me lance ces injonctions. Je n'attends rien. Je suis seule avec ma tragédie, avec mon chagrin.

En octobre 2019, un courrier de mon avocate m'a confirmé que le procès aux assises de Paris, et non à Créteil comme prévu, concernant les attentats des 7, 8 et 9 janvier 2015 aurait lieu du 4 mai au 10 juillet 2020.

Après l'attentat, Chérif, je m'étais tout de suite portée partie civile. Être partie civile ne signifie pas être victime. Je revendique de ne pas être ta victime. Des victimes consentantes, il y en a plein les journaux, les autofictions, les chaînes de radio, les écrans de télé-réalité…
Les victimes sont ceux qui sont morts sous les balles dans l'exercice de leur métier de journalistes et caricaturistes toujours prêts à défendre la liberté d'expression. C'est mon amour sous tes balles, l'aorte transpercée. Et c'est pour la liberté d'expression que je souhaite, à l'issue

des trois mois de procès, que l'on évalue enfin l'impact de la violence de l'attentat sur les familles, l'impact de la violence de l'annonce de la mort, la violence de la séparation, la violence d'une vie qui se meurt pour, si on en a la force, le courage, en construire une autre.

Non, je refuse d'être ta victime, toi le tueur, l'assassin. À la dépression qui aurait pu advenir, j'ai choisi la « surpression ». Un néologisme qui correspond à ce que je vis et ce que j'entretiens. Multiplier les activités, les charges, les travaux d'écriture, les sorties. Je me suis démenée dans tous les sens pour faire entendre ma voix et défendre mes droits et ceux de mon célèbre compagnon de vie.

Poser la question de l'impact de la violence de l'attentat sur les familles, c'est aussi s'interroger sur celui de la violence sur nos corps. Le corps répond avec retard, on a tendance à l'oublier.

Le premier syndrome est psychosomatique. Il s'agit du fameux trauma.

Dans ce domaine, la France sait faire. Depuis plus d'une vingtaine d'années, à chaque attentat ou drame qui frappe la collectivité, les services compétents dépêchent sur place une « cellule psychologique ». Les cellules psychologiques restaient l'un des sujets favoris de mon amoureux. Il a multiplié les dessins sur le sujet. Le 7 janvier, la fameuse cellule psychologique se tenait sur les lieux et dans le théâtre situé en face des locaux de *Charlie Hebdo* qui avait ouvert ses portes aux familles et aux rescapés. Ceux-ci avaient eu la chance de ne pas être en première ligne et n'avaient pas été atteints par vos balles criminelles. Ils n'en restaient pas moins blessés. Cris, sanglots. Trop de questions sans réponse. Combien de temps certaines épouses, filles, sœurs sont restées sans savoir si leur amoureux, l'homme de leur vie, leur père, leur grand-père, était encore vivant ? Que de familles traumatisées par ce silence qui a régné en cette fin de matinée du 7 janvier 2015 !

Omerta sur les corps de nos amoureux, omerta sur l'arrêt de la surveillance de *Charlie Hebdo*... Cette absence de réponse me portera toujours vers la recherche de la vérité.

Au terme d'une conversation avec mon avocate au sujet du procès aux assises, j'avais quitté son cabinet, tremblante, prise de maux de tête insupportables. Les images des événements réapparaissaient cruellement. Durant le rendez-vous, j'avais essayé de rester digne, de m'exprimer sans que des sanglots viennent briser ma voix. Depuis l'attentat, je m'étais efforcée de ne jamais flancher lors d'un rendez-vous, qu'il soit professionnel, amical ou familial. Au cours du trajet pour rentrer à mon domicile, j'avais éprouvé un terrible malaise, une nausée venue du plus profond de moi-même. Puis celle-ci s'était transformée en une insupportable douleur à l'abdomen. Je m'étais adossée contre un mur, les frissons avaient fait place à une sueur qui coulait sur mon maquillage. J'avais fermé les yeux et les souvenirs défilaient.

Nous marchions sur les quais pour une promenade du soir et mon amoureux me mettait en garde sur l'avenir sans lui.

« Mais pourquoi parler de ta disparition ? Depuis quelques mois, tu y reviens sans cesse.

– La mort nous hante tous, mais moi plus que d'autres. Je suis inquiet pour toi. Toi sans moi. Comment feras-tu ?

– Pourquoi ? Il n'y a pas de raison pour que tu disparaisses. Il n'y a pas de raison non plus pour que tu te fasses du souci pour moi.

– On ne sait pas. Le danger peut frapper à nos portes.

– Quel danger ? »

Nous étions rentrés et je n'avais pas eu de réponse.

Cette soirée m'avait rendue perplexe. Pourquoi ? À présent je me sentais coupable de ne pas avoir compris qu'il s'agissait des menaces répétées jour après jour envers la ligne du journal. Pas une seconde je n'y avais pensé. Il n'y avait jamais fait allusion et j'avais oublié l'information, entendue à la radio. Les jours suivants, la douleur revenait et la culpabilité de l'avoir laissé fréquenter les bureaux du journal me torturait.

Quelques jours plus tard, au petit matin d'une nuit quasi blanche, me rendormant abrutie de fatigue, je fus entraînée dans un rêve qui accrut le sentiment de culpabilité.

Je me trouvais dans les locaux d'une galerie où devait avoir lieu une vente de dessins. Je m'y étais rendue pour déterminer la provenance des œuvres. Je naviguais entre plusieurs tables installées dans différentes salles de la galerie. Aucune vente n'avait été décidée. Je m'y refusais. L'œuvre devait rester entière. Ma belle-fille aînée apparut dans sa robe de mariée. Elle s'était mariée un mois plus tôt. Elle ressemblait à une déesse grecque. Elle déambulait au milieu de la salle, ayant déjà acquis un certain nombre de dessins. « Tu sais d'où ils viennent ? » me demandait-elle. Je répondais par un signe de tête. Son père passait du temps à dessiner pour faire plaisir aux uns et aux autres. Résultat : depuis l'attentat, les ventes se multipliaient.

De mon côté, je me livrais à une sélection rigoureuse, j'écartais les dessins à caractère machiste.

J'avais tellement tergiversé, il ne restait plus aucun dessin sur les tables. Soudain, mon amoureux apparaissait. Je lui prenais le bras sans m'en rendre compte et je portais sur lui un regard halluciné. Il était vêtu d'un costume rayé bleu marine et d'une cravate dans le même ton. Je ne lui connaissais ni ce costume ni cette cravate. Les deux auraient pu appartenir à mon père. Il était mort et pourtant vivant à mon bras, un sourire ironique aux lèvres. Celui que je lui avais vu dans la chambre mortuaire. Me revenait la phrase de la psychologue de la morgue : « Je n'ai jamais eu à m'occuper d'un tel mort. Il est un mort exceptionnel, très détendu, en paix. » Je me serrais contre lui, le visage enfiévré. Je sentais sa chaleur m'envahir, montait en moi une jouissance longtemps oubliée. Il ne me quittait pas. Mort et vivant à la fois. Il se tournait vers moi et me disait d'une voix faible : « Je savais que ça se terminerait par un massacre et tu ne l'as pas compris. »

Le réveil m'a surprise. J'ai regardé ma montre : elle marquait cinq heures et quelques. J'ai tenté de replonger dans le rêve pour retrouver mon amoureux, guetter sa caresse dans mes cheveux et lui affirmer combien je me sentais coupable. Mais je n'ai trouvé que la nuit noire et le désespoir de l'absence.

La journée suivante, j'ai été habitée par ce rêve qui s'était finalement transformé en cauchemar. Au cours de cette nuit, j'avais vécu un premier apaisement, mon amoureux à mes côtés, puis cette remarque exprimée par lui, mourant, avait endeuillé le rêve. Le sentiment de culpabilité me poursuivait. Il m'empêchait de me concentrer sur mon travail, m'angoissait. J'ai abandonné mon bureau et mon carnet sur lequel je notais les rêves, les cauchemars et les impressions qui me venaient au réveil. Le ciel commençait à s'assombrir et j'ai observé la course déclinante du soleil qui irradia le ciel, le teinta de fulgurances rouges à mesure que l'astre disparaissait derrière les immeubles d'une rue adjacente. Un instant de pur bonheur.

Ce soir-là, une amie m'a invitée à un concert à Radio France. J'ai hésité à me décommander, après cette journée déconcertante. J'ai fini par me décider. La musique de Bach m'apporterait autant de plaisir que ce coucher de soleil. Cumuler des instants de bonheur, c'était l'espoir d'un retour à la vie. Après le concert, j'ai abandonné mon amie en raison d'un désir fou de rentrer. Dans le taxi, il me vint l'idée qu'il m'attendrait chez moi. Je le revoyais, sur le balcon du boulevard Saint-Germain, me faisant de grands signes. Le temps que je traverse la rue, il se précipiterait dans l'entrée pour m'ouvrir la porte et me prendre dans ses bras dès que j'atteindrais le seuil de l'appartement.

La magie est retombée. Seuls m'attendaient le silence et l'absence.

La violence de l'attentat m'a détruite même si demeure la force intérieure. Tu m'as blessée, Chérif, blessure profonde, mais tu ne m'as pas terrorisée, tu n'as pas gagné ma haine. Malgré mes cauchemars, je reste « celle qui va », décidée à combattre sans relâche le mal que tu as provoqué.

Le jour où mon avocate m'a informée des dates du procès aux assises, j'ai tenté de la convaincre d'introduire dans sa plaidoirie ce qui était devenu pour moi une obsession : l'impact de la violence de l'attentat sur les familles, et notamment sur la mienne.

Contrairement aux autres attentats, celui du Bataclan ou celui de Nice, où les familles se sont regroupées en associations, pour celui de *Charlie Hebdo*, la solidarité a manqué. Il y a bien eu une tentative de se rassembler, mais très vite le projet a avorté. Chacun est parti de son côté avec le fardeau de son chagrin. Sans doute l'ambiance délétère qui régnait après l'attentat pour des histoires de gros sous en est-elle la cause. Je préfère tirer un trait.

En revanche, Gala Renaud, l'épouse de Michel Renaud, fondateur du festival Rendez-vous du carnet de voyage, à Clermont-Ferrand, ne lâche pas prise.

Que faisait Michel Renaud ce terrible 7 janvier à *Charlie Hebdo* ? Il rapportait des carnets de voyage exposés au cours du dernier festival dont l'invité était Cabu. Michel Renaud a connu le même sort que les autres.

Gala est une jeune quinquagénaire d'origine biélorusse, amoureuse de la France depuis sa rencontre avec celui qui avait eu le coup de foudre en voyant cette grande blonde lors d'un voyage d'échange entre Clermont-Ferrand et Minsk, la ville d'origine de Gala. Traductrice de formation, elle avait fait office d'interprète durant le voyage des élus de Clermont-Ferrand. Et Michel était tombé amoureux au point de commencer, dès son retour en France, une relation épistolaire avec sa belle. Il était revenu plusieurs fois à Minsk et avait fini par la convaincre de quitter son pays natal pour la France. Et Vassilia était venue au monde.

Pour avoir recueilli bien des fois la parole de Gala que je retrouvais quand elle venait à Paris, je me rendais compte que très vite la dépression l'avait gagnée. Elle ne cessait et ne cesse de vouloir intenter des procès, notamment à *Charlie* dont elle remet en cause la gestion des dons aux familles provenant du monde entier. Cette affaire collatérale à l'attentat s'était révélée douloureuse pour moi, avant que je développe un autre raisonnement. Peu importait ce qui était advenu de ces dons, ce journal dont mon mari avait été l'un des fondateurs ne pouvait pas ne plus paraître après le massacre. Il fallait continuer à faire vivre la liberté d'expression, il fallait aussi que les commanditaires de l'attentat ne se proclament pas victorieux. Longue vie à cette presse audacieuse.

Gala ne pouvait imaginer les choses sous cet angle. Elle ne connaissait pas l'historique du journal, n'avait pas de lien sentimental avec lui, ni avec les dessinateurs qui y participaient. Elle s'était donc enfermée dans son projet.

J'ignorais cependant qu'elle avait dû subir une intervention chirurgicale importante après une hernie cervicale dont elle avait commencé à souffrir l'année qui avait suivi l'attentat. Ces douleurs physiques s'ajoutaient à un moral en berne.

« Mon corps, affirmait-elle, est une plaie. »

Elle avait longtemps attendu avant d'accepter cette intervention. Elle ne pensait pas être atteinte à ce point par la violence de ce qu'elle avait vécu. Elle ne voulait pas y croire. Elle en avait « plein le dos » des souffrances morales, de la fatigue, des démarches administratives qui n'aboutissaient pas, d'une réparation financière qui ne venait pas alors que, sans emploi, elle était trop jeune pour toucher la retraite de son mari.

Le chirurgien lui avait affirmé que c'était le fait d'en avoir « plein le dos » qui précisément attaquait ses cervicales.

Cette douleur qui la torturait était le résultat de la violence de l'attentat, violence de l'assassinat, violence de l'acceptation, violence de la séparation.

« Dans l'appartement où nous avons vécu notre bonheur, au centre de Clermont-Ferrand, me raconta Gala, je ne supportais plus l'absence, l'absence de mon amour, de mon guide, de l'être que j'admirais. L'absence, c'est encore plus de douleur. J'ai dû renoncer à y vivre. » Elle avait déménagé à Montpellier.

« J'ai besoin d'un autre cadre où construire une nouvelle vie et retrouver la paix », m'avait-elle affirmé à l'époque.

Déménager était aussi une demande formelle de sa fille, Vassilia. Elle avait été la première à en parler.

Trois mois après son installation à Montpellier, la dépression s'était aggravée. Gala décida de retourner à Clermont-Ferrand, de réintégrer l'appartement où elle avait mené une vie heureuse.

Est-on enfin dans la résilience quand on a décidé de changer de ville, de décor, de relations sociales ?

Elle aura mis presque cinq ans à hésiter, s'éloignant pour revenir près de ses amours perdues et renoncer à l'éloignement.

Nous avons besoin de tant de temps pour nous ressaisir. J'apprécierais d'être cette terre hier brûlée sur laquelle aujourd'hui faune et flore s'épanouissent de nouveau. Une métaphore que Boris Cyrulnik utilise pour définir la résilience, lui le pape de la théorie qui, de récit en récit sur sa propre existence, nous fait rêver, nous qui vivons encore, cinq ans plus tard, dans l'angoisse du moindre bruit suspect, qui nous battons pour retrouver confiance en nous.

Notre deuil ne ressemble pas aux autres. Il a subi la violence de l'attentat et les autres violences qui ont suivi. J'ai posé et je pose des actes de résilience mais je ne me sens pas résiliente pour autant. La violence fait partie de moi-même.

Il n'y aura pas de résilience. Forte du combat mené, il n'y aura pas non plus de victimisation, ni de soumission.

Deuxième partie

Fin octobre 2015, je m'étais décidée à chercher un lieu où tenter d'établir ma vie de célibataire. En compagnie d'amis, je visitais des appartements dans les environs du quartier où j'avais toujours vécu, et où j'avais mes repères. Aucun ne nous paraissait apte à m'accueillir. Une proposition hors de mon périmètre privilégié me faisait hésiter. La surface me convenait ainsi que le huitième étage où il était situé avec vue sur le ciel de Paris. Séduisant, certes, mais j'avais le sentiment de m'expatrier. Accompagnée de mon amie Marylin, avec laquelle j'avais travaillé plusieurs fois sur des réalisations théâtrales, et qui était devenue une sorte d'ange gardien de la famille, je le visitais alors pour la quatrième fois. Marylin m'avertit que, si je ne le prenais pas, alors qu'il était « fait pour moi », elle mettrait un terme à notre amitié. « Si tu ne veux pas de celui-là, tu ne choisiras jamais », me dit-elle. Et elle ajouta : « Depuis des mois, je vois que tu résistes. »

Je n'avais pas le sentiment de résister, mais cela était bien le cas.

Du huitième étage sans vis-à-vis, j'avais la possibilité de contempler le ciel, de chercher le soleil derrière les nuages, de compter les étoiles et, chaque soir, d'admirer le crépuscule derrière la baie vitrée de mon bureau. J'y puisais de l'énergie. Je n'avais jamais habité aussi haut. Marylin avait raison.

Aussi, quelques semaines plus tard, je quittai le boulevard où nous avions vécu une dizaine d'années, après avoir passé trente-quatre ans rue Bonaparte. Avant de partir, j'avais photographié chaque pièce, chaque meuble, chaque objet, chaque détail, le balcon avec mes oliviers, le jasmin de mon amoureux et le mandarinier de ma mère.

Le jour du déménagement, je me laissai gagner par la mélancolie. J'avais le sentiment de naviguer de rupture en rupture. De perte d'identité en perte d'identité.

Ma vie heureuse finissait dans des cartons. Des hommes allaient et venaient en criant, indifférents, sifflant, s'interpellant, jurant quand un meuble trop large ne passait pas par la fenêtre et qu'il fallait le descendre par l'étroite cage d'escalier.

Je ne me suis jamais sentie aussi seule que ce jour-là, seule au milieu de ces hommes, de ces cartons pleins de souvenirs qu'ils chargeaient sur leurs épaules. Ils transportaient ma vie entière.

J'allais d'une pièce à l'autre, je m'attardais dans la chambre de mon amoureux, dans sa salle de bains désormais vide. J'avais précieusement gardé près de moi trois flacons d'eau de parfum dont *Acqua di Parma* et *Mouchoir de Monsieur* de Guerlain que je lui avais offert, son rasoir manuel et sa brosse à dents qui ne me quitteraient plus. Ma fille s'en sert quand elle me rend visite. La première fois, quand je l'ai informée du propriétaire de cette brosse à dents, elle a hésité un instant avant de s'en emparer. Elle paraissait joyeuse et émue. Elle a ouvert le flacon d'*Acqua di Parma* et, après l'avoir humé, en a parfumé ses cheveux et le creux de sa nuque. Émue, je suis allée me réfugier dans mon bureau. Comme elle tardait à me rejoindre, je suis retournée dans la salle de bains et l'ai trouvée les yeux rougis. « Ah, maman, tu ne vas plus m'empêcher de pleurer quand j'en ai besoin. »

Je n'ai rien répondu. Elle faisait référence à une « injonction » que je lui aurais lancée le 7 janvier, jour de l'attentat : « Nous ne pleurerons pas. » Je n'en avais pas le souvenir, mais je me savais capable d'une telle phrase.

À force de tourner en rond dans l'appartement, j'ai fini par m'asseoir dans un fauteuil que j'avais décidé de ne pas emporter. Il trônait tristement au milieu de la pièce. Là, j'avais oublié les déménageurs, leurs engueulades, la fumée de leurs cigarettes, et même ce qui avait provoqué leur présence dans ce lieu où mon amoureux et moi avions vécu tant de moments heureux. Le présent n'existait plus, Chérif. Même toi, l'assassin qui habitait trop souvent mes journées et mes nuits, tu n'avais jamais existé. Alors je me laissai aller aux souvenirs. Celui-ci revenait souvent apaiser ma mémoire :

Une lumière divine enveloppait les quais de Seine. Nous habitions encore rue Bonaparte et, au lieu de descendre jusqu'au fleuve, nous faisions un détour par les étroites artères où libraires, galeristes et antiquaires se côtoyaient. C'était une période où j'enchaînais souvent les nuits blanches. Pour y remédier, j'imaginais qu'après le dîner, la marche serait le meilleur des traitements. J'avais alors proposé à mon amoureux de m'accompagner. Il avait suggéré le lieu où nos promenades nous conduiraient : les bords de Seine, côté rive gauche. Nous marchions enlacés. Nous ralentissions souvent notre marche pour nous embrasser ou poursuivre une conversation interrompue par le désir de quitter au plus vite l'appartement pour ces balades qui étaient devenues sacrées. Nous nous arrêtions fréquemment devant les vitrines illuminées où luisaient divers objets mystérieux, notamment chez les antiquaires, qui attisaient notre curiosité.

Animaux exotiques ou jolies filles ornaient souvent des pieds de lampes ou des chandeliers et, soudain, nous rêvions de les avoir dans notre chambre ou sur la table de la salle à manger. Nous décidions sur le moment de revenir pour examiner de plus près notre tocade du moment et éventuellement l'acheter dans la journée. Nous n'y retournions jamais et le lendemain soir, au cours de notre balade rituelle, parfois nous constations que l'objet en question avait disparu de la vitrine.

En ce printemps ensoleillé, sur la pelouse qui sépare les deux voies de l'avenue de Breteuil, des couples sont allongés, visages tendus vers le premier rayon de soleil.

Des couples, des couples. Je ne vois qu'eux.

Ils ont la quarantaine, parfois un peu plus, des enfants jouent autour d'eux. D'autres, en tenue de sport, courent le long des allées poussiéreuses. Ils rient, s'embrassent, se séparent, se reprennent par le bras, esquissent quelques pas de course. Je les observe. Je ne visualise pas les autres passants, ceux qui sont seuls comme moi.

Je marche lentement. Ma légendaire vivacité m'a lâchée. Comme moi, mes jambes ont besoin de réapprendre à vivre.

Je longe l'avenue jusqu'à l'esplanade des Invalides.
Des touristes, assis sur le muret de l'entrée, déplient des
cartes, interrogent leurs téléphones portables qui servent
de GPS. Je revois le film des nombreux voyages que
mon amoureux et moi avons effectués. Le plus souvent
des séjours initiés par des rendez-vous professionnels.
Nous rencontrions toutes sortes de personnes, nous fré-
quentions les lieux où évoluaient ces amis retrouvés ou
ces étrangers qui devenaient peu à peu des amis. Nous
avons toujours apprécié de connaître les coutumes, les
mœurs aux détours de longues conversations, souvent
jusque tard dans la nuit, avec nos hôtes. Je ne crois pas
que nous ayons souvent joué les touristes.

Je refuse ces souvenirs qui m'assaillent. S'y plonger,
c'est s'emmurer. Plus tard, ils me permettront de vivre.
Pour l'heure, je les chasse. Ils me font mal.

Je ne veux plus rien entendre, je veux me renfermer
dans le silence et l'absence. Je tourne le dos aux touristes
et aux Invalides. Je me mets à courir. Suis-je folle ?
Courir, ce n'est plus possible. Mes jambes ralentissent
pour s'immobiliser. Mon cœur tape dans ma poitrine.
Mes poumons ne répondent plus. Désormais, je souffre
d'une capacité respiratoire réduite. Je dois attendre pour

retrouver un peu de ce souffle bienfaisant, symbole de vie. Immobile dans l'allée, je suis dépassée par des groupes de coureurs aux jambes déliées, au souffle sans limite. Envieuse de leur forme, je traverse l'allée et suis le trottoir désert. Le chagrin ne me quitte pas.

Deux mois après l'attentat contre *Charlie Hebdo*, Margaux est apparue dans ma vie blessée. Une amie de trente ans s'inquiétait de constater que j'étais sur le point de tout abandonner, le travail d'écriture, la gymnastique, la forme physique, la sophistication, la convivialité, la sociabilité. Elle m'a présenté Margaux.

Professeure de sport, avec bien des cordes à son arc, Margaux et moi avons commencé à reprendre les choses en main pour affronter les combats qui se profilaient dans un futur proche.

Trois fois par semaine, elle m'apportait sa fraîcheur et son énergie. Nous avons tout essayé : marche, musculation, Pilate, yoga, et même la boxe. Elle m'enfilait les gants et j'éprouvais une vraie joie à taper dans les siens. Je me musclais les bras et les jambes, je retrouvais mon énergie. Je croyais que je redevenais celle que j'avais été avant l'attentat et l'absence. Je me faisais des illusions.

Nous étions au début de l'automne, j'avais attrapé froid et je toussais bizarrement, une toux que je ne connaissais pas. Quand je boxais, je perdais mon souffle mais je persistais à vouloir évacuer le mal qui s'était introduit en moi.

J'avais le sentiment que je m'en débarrasserais peu à peu et que la vie, et non plus la survie, allait reprendre son cours. J'en étais persuadée, à cette époque-là. Je n'avais pas encore imaginé ni éprouvé la dissociation de mon corps et de mon esprit, leur disharmonie. Le corps avait lâché l'esprit et celui-ci était dans l'incapacité d'agir. Je n'étais que désordre à l'intérieur de moi-même.

Mes amies me conseillaient de ne pas m'inquiéter et mettaient la toux sur le compte des pollens de l'automne. Ma professeure réfutait cette explication et me poussait à aller consulter. Et moi, je n'écoutais personne. Je continuais à tousser, je boxais, je remplissais les journées, je sortais le soir. Je toussais, je lisais tard dans la nuit pour éviter insomnies et cauchemars. Toujours les mêmes. Les locaux de *Charlie*, ta kalachnikov, toi Chérif, omniprésent, et les tirs sur mon amoureux. Il tombe, entassement de corps. Ou bien le cercueil qui s'en va dans la salle de la coupole du Père-Lachaise pour être incinéré. Je me réveille en sursaut : c'est mon propre corps que les flammes atteignent.

Que reste-t-il de moi ? Au moindre effort, je suis de plus en plus essoufflée. Essoufflée de vivre dans l'absence.

Quelques semaines plus tard, en classant des dossiers, j'ai trouvé une ordonnance de ma gynéco pour effectuer des examens de routine avant mon rendez-vous annuel. Ce matin-là, je m'étais rendue dans son cabinet, la bouche en cœur, elle m'invita à m'asseoir et me demanda comment j'allais. Sa voix était grave et dure. « Très bien », répondis-je, et je pensais : « Je tousse un peu. » Mais je m'abstins de le lui dire. Ce n'était pas de son ressort.

« Non, vous n'allez pas bien du tout », lança-t-elle, tout en exhibant les résultats de mes analyses.

« Vous allez tellement mal que j'ai pris rendez-vous pour vous chez votre médecin généraliste, reprit-elle, qui a appelé le centre de radiologie où vous devez vous rendre.

– Pourquoi ? Je vais bien.

– Non. À ce niveau-là, on ne plaisante plus. On ne sait pas ce que vous avez, mais le taux de marqueurs est tel que nous avons de quoi nous inquiéter. »

Je ne savais pas exactement ce qu'étaient des marqueurs. Je me souvenais que mon amie Marie-France en parlait de temps en temps quand elle évoquait par bribes sa maladie. Elle redoutait le taux élevé de ses marqueurs.

Je ne comprenais pas : je menais une vie normale, je n'avais aucune douleur nulle part, je ne maigrissais pas, j'étais de plus en plus active. Seule l'absence pouvait m'empêcher de vivre. Non, je ne comprenais pas cet empressement. Il devait y avoir une erreur quelque part.

Quand j'ai passé la porte du cabinet de mon amie généraliste, celle-ci était blême.

« C'est très grave ! » a-t-elle dit d'emblée.

Elle aussi a parlé du taux très élevé des marqueurs. Je devais me rendre en urgence au centre de radiologie où j'étais attendue et la rappeler dès que j'aurais les résultats.

Je me retrouvai seule sur le trottoir de la rue de l'Université. J'étais toujours sans réaction. Ou plutôt si, j'enrageais de ne pouvoir me rendre à un rendez-vous professionnel programmé depuis longtemps. J'hésitais à traverser la Seine pour rejoindre le centre de radiologie. Ainsi, je privilégiais mon rendez-vous, plus distrayant que des examens de radiologie.

J'éprouvais la même neutralité que le 7 janvier 2015, dans le taxi dont le chauffeur venait de m'apprendre qu'un attentat avait eu lieu au journal *Charlie Hebdo*. Une sorte d'insouciance inconsciente où, soudain, mon corps et mon esprit se gelaient. J'étais sans réaction.

J'ai toujours refusé de croire au malheur. Une bonne fée veillait sur moi depuis ma naissance, comme me le répétait souvent ma mère. Pourquoi m'abandonnerait-elle ?

Finalement, j'ai pensé à mon amie Marie-France, morte après un cancer terrorisant, et j'ai pris un taxi pour la rue Beaurepaire où se trouvait le centre. Pendant que j'attendais d'être appelée, des flashs de cauchemars ont fait irruption dans mon cerveau. Ils s'accrochaient, je voulais les chasser. Les paroles de la gynécologue se mêlaient aux tirs des kalachnikovs. J'étais sur le point d'exploser quand j'ai entendu mon nom. Je chassais les cauchemars et les larmes agglutinées dans ma gorge. Je ne parvenais pas à me lever. Observant mon désarroi, la jeune manipulatrice en blouse blanche m'aida à me déshabiller.

Après les examens successifs, j'ai dû attendre dans la salle d'attente. En face de moi, dans un bureau, des radiologues examinaient des clichés. Je les observais sans savoir qu'ils avaient ma vie entre leurs mains. Un premier sortit du bureau et m'examina de loin. Puis un autre qui, lui aussi, me regarda avec insistance. Soudain, les minutes d'attente devinrent des heures.

Je voulais comprendre l'attitude de ces médecins qui, depuis la matinée, m'affirmaient que j'allais mal. Où était le mal ? Le savaient-ils, enfin ?

Une jeune femme s'est approchée de moi et m'a demandé de la suivre. Nous étions dans son bureau. Elle m'a proposé d'enlever mon manteau. Depuis une bonne heure, je ne cessais de grelotter. J'avais oublié ma bonne fée. J'allais être confrontée à une réalité glaçante. Elle tenait en main des clichés qui ne pouvaient être que les miens. À ce moment-là, le téléphone du bureau a sonné. Le médecin n'a pas eu le temps de décrocher, je m'étais ruée sur l'appareil. J'étais retournée deux années en arrière, attendant d'être confrontée à la réalité de la mort de l'amour de ma vie. J'éprouvais le même sentiment de terreur, le même trouble, mes jambes ne me portaient plus. La jeune femme m'a prise par le bras et m'a invitée à m'asseoir.

Deux ans après l'attentat, je sursautais encore au moindre bruit. Je n'allais pas m'en sortir. Ces mots tournaient en boucle dans mon esprit.

« Vous avez une tumeur importante au poumon droit, a-t-elle dit. Il faudra d'autres examens pour l'identifier.

– Je n'ai jamais fumé, me suis-je exclamée.

– Cela peut arriver chez les non-fumeurs, en particulier chez les femmes », m'a-t-elle répondu.

J'ai pensé à tous les fumeurs et fumeuses avec lesquels j'avais travaillé, échangé, fait la fête. Les volutes qui montaient des havanes de mon amoureux m'ont soudain tourné la tête.

« J'ai regardé vos examens, continuait le médecin. Votre système immunitaire était plutôt défaillant. Que s'est-il passé ? Vous avez fait un régime ? Vous auriez dû vous faire examiner plus tôt. »

Cette charmante doctoresse avait déjà, comme bien d'autres, oublié l'attentat de *Charlie Hebdo* et le nom de mon amoureux. Elle n'était pas de la génération 68, bien trop jeune pour avoir acheté et lu *Hara-Kiri*, voire *Charlie*.

À ce moment-là, comme dans mes cauchemars, j'ai vu la kalachnikov devant son corps figé, le 7 janvier 2015. Ta kalachnikov, Chérif, m'avait atteinte, comme elle avait atteint l'aorte, les poumons, le foie, de mon amoureux. Cette terrible arme de guerre avait atteint ses organes vitaux. C'est bien pour cela que le jour où je l'avais vu à la morgue, son corps était recouvert d'un drap blanc. Seul son visage était visible. Voilà à quoi je pensais tandis que la radiologue tentait de me faire comprendre que mes jours étaient peut-être en danger.

« Nous avons informé votre médecin généraliste. Elle vous appellera dès votre retour chez vous. Cette journée a dû être épuisante, reposez-vous ce soir, soyez calme et dormez. »

Il y avait eu un attentat contre mon corps.

J'ai longuement marché autour de la place de la République remplie de joyeux fêtards agglutinés au pied de la
statue monumentale, allégorie de la République. C'était
l'heure de la sortie des bureaux, la nuit commençait à
tomber, le ciel rougeoyait par endroits, des gens se pré-
cipitaient vers la bouche de métro, se bousculant sans se
regarder. Pour tous, une fin de journée parisienne comme
les autres.

Je n'étais plus comme les autres. Je m'enveloppai
dans mon manteau, toujours grelottante, avec l'impression d'une fièvre persistante. Au lieu de me presser, je
tournais en rond, la tête vide. Il fallait quitter cette place
au plus vite. Attraper un taxi, rentrer, s'enfermer, se
terrer, une fois encore, comme un animal blessé.

J'ai traversé la place encombrée et bruyante et, avec difficulté, je suis arrivée boulevard du Temple, à la hauteur du théâtre Déjazet où j'avais vécu des soirées heureuses lors des représentations de la pièce que j'avais écrite sur la philosophe et mystique allemande, Edith Stein. Puis, en janvier 2016, j'avais participé à des soirées plus émouvantes pour la reprise de la première pièce écrite par mon amoureux : *Je ne veux pas mourir idiot.* Un an avant, Chérif, tu avais éradiqué ma belle vie.

Au bas des marches du boulevard du Temple, à quelques mètres à peine, il y a une station de taxis. Je descends lentement les escaliers, laissant derrière moi le théâtre et les souvenirs. J'ai une drôle de sensation : je n'agis pas, je suis agie. Une force intérieure me commande. La portière du taxi s'ouvre devant moi.

Dans la voiture qui me ramène à mon appartement, je me force à me confronter à cette nouvelle réalité : la maladie grave. Est-ce un tour que me jouait mon inconscient pour compenser symboliquement les diverses violences que j'avais subies un an auparavant ? Le corps prend son temps avant de réagir. Soudain il hurle. Le problème est que la maladie ne résout rien, et surtout pas les souffrances morales endurées, au contraire, à celles-ci elle en ajoute d'autres plus concrètes, qui ne tarderaient pas à surgir avec les traitements.

Avec qui allais-je partager cette annonce douloureuse ?

Une immense solitude, suivie d'une terrible angoisse m'ont envahie. J'étais seule au monde pour aborder ce nouvel an du drame. Autour de moi, je ne voyais personne à qui confier, sans conséquences directes, ce qui m'arrivait. Pas une épaule pour s'épancher.

Un désert devant moi.

L'effroyable tourment de ne pas trouver les mots pour exprimer le Mal qui, à nouveau, m'atteignait.

Qu'est-ce que la maladie, sinon une agression commise avec violence sur le corps. Je serais maudite, « on » s'éloignerait de moi. Même si les larmes soulagent, je ne les apprécie pas. Je les retenais afin de retrouver un minimum de sang-froid. Après tout, si c'était si grave, j'avais la possibilité de garder le silence puisque, quoi qu'il arrive, j'allais disparaître. Eh bien, non ! J'évoquais ce mot sans l'avoir prononcé.

J'avais combattu pour ne pas être ta victime, Chérif, et celle de tes maîtres sanguinaires. Je ne me laisserais pas assassiner par mon nouvel agresseur : le Cancer. Un mot imprononçable en dehors d'un cabinet médical parce qu'il fait trop souvent allusion à la mort.

Je n'étais pas du genre à asséner les mauvaises nouvelles à mes proches. Je souhaitais toujours les protéger.
Un an plus tôt, nos vies avaient basculé dans le chaos.
Je n'allais pas en remettre une couche. De surcroît,
aucune formule possible pour l'annoncer ne me venait à
l'esprit. À la place, je me remémorais les paroles de mon
médecin généraliste, mon amie si bienveillante : « C'est
très grave. » Elle avait eu une intonation trop neutre pour
ne pas être sous le coup de l'émotion. Pourtant, je ne res-
sentais rien de spécial, sinon une légère fatigue et cette
toux persistante. Ne fallait-il pas poursuivre le combat
quotidien, en bon soldat que j'étais ?

Le téléphone a sonné au moment où je fermais la porte
à double tour comme j'en avais pris l'habitude depuis
l'attentat. Une peur vague ne cessait de m'habiter.
   « Maman, ne t'inquiète pas, je serai auprès de toi. »
   Ma fille avait reçu un appel de notre amie généraliste.
Elle savait ce qui m'arrivait, elle n'en dit pas plus, le mot
terrible ne fut pas prononcé. Une fois de plus, je retins
mes larmes. Ma fille continuait à parler : elle m'apprit
que je serais soignée à Curie et ajouta qu'elle viendrait
avec moi au premier rendez-vous ainsi qu'aux suivants.
   Sa voix était trop calme pour ne pas trahir son
désarroi, sa douleur. Elle venait de perdre son père tant

aimé et la violence avait fini par atteindre le corps de sa mère. Comme en ricochet.

Elle garda pour elle ce qu'elle me révélerait bien plus tard. L'amie généraliste l'avait prévenue de la gravité de la maladie et, au vu du nombre très élevé des marqueurs, il fallait s'attendre au pire. Ma fille eut le courage et la force de raccrocher sans le moindre sanglot. Je lui en suis reconnaissante.

Après cette délirante journée, ayant perdu toute force pour me nourrir, pour lire, écouter de la musique, allongée sur la méridienne du salon, j'ai tenté de faire le point sur ma situation.

Je me suis souvenu d'une conversation avec mon amie Marie-France que j'aimais d'une profonde affection. Elle était atteinte d'un cancer du péritoine et se savait cancéreuse à perpétuité, même si elle imaginait tout subterfuge pour lutter contre. Ce jour-là où nous partagions un déjeuner, elle m'avait rappelé cette phrase de Sénèque : « "Hâte-toi de bien vivre et compte chaque journée pour une vie distincte*". J'applique cette formule sans pour cela me projeter sans cesse dans l'avenir », avait-elle affirmé. Elle se voulait conquérante jusqu'à

* Sénèque, *Lettres à Lucilius, ibid.*

la fin. Ne pas laisser la maladie la déterminer. Ne pas être sa victime.

Le soir où j'avais fait la connaissance de Marie-France au cours d'un dîner chez les Groult-Guimard, j'avais eu le sentiment qu'un guide entrait dans ma vie, qu'une amitié sincère, fidèle, affectueuse, forte, n'aurait plus de fin, sinon dans la mort. Elle était particulièrement jolie, blonde, avec des yeux bleus très expressifs, une jolie taille et une allure de grande dame. Bulgare d'origine, elle avait choisi de porter le nom de sa mère. Elle était d'une belle et vaste intelligence, qui l'avait portée au plus haut sommet de la faculté de droit de Paris. Lors des examens, elle était fière de se revêtir de la toge rouge bordée d'hermine des membres du jury. Elle partait faire des conférences à travers le monde et revenait toujours avec un souvenir, une attention et beaucoup d'histoires à raconter, de réflexions philosophiques, d'idées nouvelles. Elle avait été l'une des collaboratrices de François Mitterrand. Plusieurs fois honorée, elle arborait les distinctions avec élégance et pudeur. Elle habitait rue de Bièvre un appartement situé presque en face de celui du président. J'appréciais de dîner chez elle pour y rencontrer son « clan » composé de ses amies de Sciences Po, restées plus que fidèles et toutes aussi brillantes. Nous y faisions la connaissance d'hommes puissants par les postes qu'ils occupaient dans la vie professionnelle, des hommes séduisants et séducteurs, plus ou moins amoureux de mon amie.

Lors des dîners, elle était une invitée précieuse, qui participait avec conviction à la conversation, la suggérait souvent. Elle restait sincère, combative, sereine, toujours bienveillante quand il lui arrivait d'admonester l'un de ses voisins ne partageant pas ses opinions, ses jugements, ses idées. Elle cherchait à enseigner, expliquer, convaincre. J'appréciais particulièrement quand elle s'en prenait aux relents de machisme de mon dessinateur aimé, élevé en Tunisie au milieu de grands-mères et de tantes qui le considéraient comme un dieu.

Elle jouait aussi pour moi un rôle de lectrice, d'accompagnatrice dans mon travail, de conseillère qui savait avec finesse réguler mes élans, mes passions d'un jour pour des thèmes d'actualité qui me bouleversaient. Elle était devenue essentielle à ma vie.

Depuis quelques mois, elle se plaignait d'une grande fatigue et de douleurs abdominales. Elle s'en plaignait et en même temps n'hésitait pas à répondre à des sollicitations, même si elles provenaient du Brésil ou des États-Unis. Un soir, elle m'a annoncé qu'elle était atteinte d'une grave, très grave maladie. J'avais compris. Plus tard, elle me confia souvent que « [s]es marqueurs augmentaient de plus en plus ». Je n'osais pas lui poser de questions sur l'origine de l'augmentation des marqueurs, ni sur ce qu'étaient ces « marqueurs » dont elle parlait. Je la voulais vivante, toujours plus vivante. Lors des dîners que nous partagions, alors qu'elle avait déjà perdu de trop nombreux kilos et que la chimio avait attaqué son système digestif, je souhaitais qu'elle prenne du plaisir à goûter ce que j'avais cuisiné pour elle.

Le 8 janvier 2015, alors que j'étais à la recherche du corps de mon amoureux, de l'hôpital où elle avait été placée en soins palliatifs, elle m'a appelée. J'hésitais à prendre l'appel de peur d'entendre pour la dernière fois sa voix dont le timbre avait toujours été si joyeux. Dans le combiné, il était plus grave et en même temps plus faible. Nous avons échangé une dizaine de minutes. Je n'ai retenu qu'une seule phrase que j'entends encore : « Cet attentat, cette violence, ces armes de guerre… C'est pour toi un grand malheur. Tu vas trouver de la force en toi pour sortir de ce cauchemar qui te frappe… » Il y a eu un silence entre nous. Moi, parce que je me demandais où j'allais puiser la force dont elle parlait, elle, parce qu'elle pensait à mon amoureux. Elle ajouta d'une voix lasse : « Comme Georges a eu de la chance de mourir si vite. » Je crois me souvenir que nous nous sommes quittées sur cette phrase douloureuse pour l'une comme pour l'autre. Nos sanglots retenus ont clos notre échange.

La mort l'avait rejointe depuis plusieurs mois mais elle continuait à lutter, commandant aux États-Unis des produits non commercialisés en France. Elle ne voulait pas s'avouer vaincue par la maladie. Elle ne serait la victime de personne. Comme je la comprends aujourd'hui.

Elle fut emportée, cette fois définitivement, quinze jours après l'attentat.

J'avais perdu mes deux principaux protecteurs. Il allait falloir naviguer la tête haute pour ne pas se laisser couler.

Aujourd'hui la toute dernière phrase de mon amie me revient souvent en mémoire. La maladie s'avère encore plus perverse, plus sournoise, plus cruelle que la mort.

Mon livre « *Chérie, je vais à Charlie* » venait d'être publié dans différents pays, des voyages de promotion m'étaient conseillés. Des trains ou des avions à prendre. De la fatigue en perspective. Des questions allaient m'être posées sur l'enquête, sur l'attentat, ma vie après l'assassinat de mon mari, ma reconstruction, si reconstruction il y avait ? J'allais devoir manifester la résilience que tous attendaient de moi, famille, journalistes, amis... le sourire aux lèvres, la tenue et le maquillage impeccables, la blondeur des cheveux parfaite. Celle que j'avais toujours été.

Mais, en somme, oublier celle que je m'apprêtais à ne plus être, celle que j'abandonnais derrière moi depuis l'annonce de la maladie. Il me fallait imposer l'idée qu'une seule question importait désormais : l'impact de la violence sur mon corps. Une fois de plus, de la violence

de l'annonce. La jeune radiologue avait été particulièrement douce et bienveillante, certes. Mais cette violence
n'était autre que la maladie.

Le corps a son propre langage et quand il se met à
parler, il faut l'écouter. Par la façon dont il se meut, il
désigne ce que nous sommes, met en valeur nos moindres
failles. Contrairement à ce que nous souhaitons, il n'est
pas soumis à notre volonté. C'est lui qui nous domine
quand l'esprit s'évade. Il est le témoin de ce que nous
voulons être. Il s'affaiblit dans le désespoir et s'illumine
dans le bonheur, s'il est en harmonie avec notre esprit,
notre humeur, notre désir de réalisation.

Quand il n'y a plus d'harmonie entre le corps et
l'esprit, quand il n'y a plus d'ordre en soi, plus de lien,
le chaos règne, la maladie s'immisce dans les failles.
Telle était ma réflexion du moment. Le choc émotionnel
avait altéré mes cellules et provoqué le chaos.

Chérif, tu es l'auteur du chaos. Un an et quelques
semaines plus tard, tu ne m'avais pas quittée. Tu faisais
comme la maladie, tu te glissais dans les failles de mon
existence.

Je venais de vivre une seconde perte d'identité. La petite jeune fille blonde tant aimée s'était diluée dans le temps de l'attentat et continuerait de disparaître dans celui de la maladie.

Comment réagir quand la maladie vous habite ? Pour vivre avec elle, il faut être dans l'acceptation et souvent dans le renoncement. Tel est bien mon problème. Après avoir fêté mes 50 ans, je m'étais juré de ne jamais renoncer à rien, de ne jamais me résigner. Des paroles de petite fille, publiées en 2000 dans un livre sur la longévité : *Nous serons toujours jeunes et beaux**. Lors d'une présentation de cet ouvrage, je me souviens de la réaction violente de la styliste Sonia Rykiel. Elle savait déjà ce

* Albin Michel.

que signifiaient l'âge et la maladie. « Quand la maladie
te tombe dessus, tu crois que tu restes jeune et belle ? »
Tu avais peut-être raison, Sonia, mais moi, j'ai décidé
de rester celle que je suis et cette maladie, je vais la
prendre à la gorge.

Le cancer n'est pas une maladie ordinaire. D'emblée,
il fait peur, d'emblée, il limite. Il rétrécit le monde avant
de rétrécir l'existence.

David Khayat, le professeur d'oncologie, l'affirme :
« Le cancer est pour la plupart d'entre nous une maladie
qui terrorise. Qui terrorise parce qu'elle reste mystérieuse. » Il explique qu'une petite tumeur d'un centi-
mètre de diamètre « contient un milliard de cellules
cancéreuses, un millier de millions, déjà agglomérées
les unes aux autres »*.

La tumeur agrippée à mon poumon est estimée à
cinq centimètres, combien de milliards de cellules
fourmillent dans cet organe que j'ai toujours protégé en
m'abstenant de fumer ? Je suis parcourue de frissons
d'angoisse.

Le monde s'estompe chaque jour un peu plus.

* David Khayat, *L'Enquête vérité*, Albin Michel, 2018.

Sur les conseils de mon médecin généraliste, j'avais consulté un pneumologue à l'hôpital Montsouris. La petite cinquantaine, le regard bleu, il me parut tout de suite sympathique. Les yeux fixés sur les radios et les résultats du scanner, il hochait la tête en silence. Soudain, il se leva : « Cinq centimètres ! » s'exclama-t-il. Je sentis ma fille frémir à mes côtés. À la suite de la consultation, il décida que je subirais dès le lendemain une thoracoscopie. Il appela un confrère chirurgien qui libérerait un créneau pour moi.

Je n'oublierai pas, au lendemain de cet examen douloureux, l'intrusion du chirurgien qui avait effectué l'intervention, à 7 heures du matin, poussant la porte de la chambre de l'hôpital. Dans le brouillard du réveil, je n'apercevais qu'une silhouette à l'autre extrémité du lit. Il avait pris un air pincé pour m'annoncer qu'une intervention chirurgicale était à exclure :

« Il n'y a rien à faire. »

Je me suis redressée.

« C'est-à-dire ?

– C'est grave, on ne peut pas agir. Je ne peux pas agir. »

Il tourna les talons et ferma la porte.

Il n'y avait rien à faire, aucune tentative pour me sauver. Cela m'était affirmé sur un ton parfaitement indifférent. Ce médecin était-il pressé de filer auprès d'un autre malade, après la violence de cette annonce qui semblait définitive ? Je fus prise d'un accès de colère. Ces deux spécialistes m'avaient exaspérée au point de quitter cet hôpital et de rentrer au plus vite chez moi.

J'éprouvais la même impuissance que celle que j'avais connue quelques jours après l'attentat lorsque aucune information, aucune explication sur le pourquoi du drame n'était communiquée. Là, l'information avait été formulée, mais était-ce la vérité ? Ne pouvait-on vraiment rien faire ? Ce qui m'intéressait était de savoir comment la maladie s'était installée en moi, et comment on pouvait tenter de la combattre. Au lieu de me l'expliquer, on m'envoyait directement au royaume d'Hadès.

Un nouveau combat s'ouvrait devant moi. Je ne m'étais pas laissé terroriser par toi, Chérif, je ne me laisserais pas terroriser par la maladie. Je conjurerais ce mauvais sort.

Contrairement à ce corps médical, je refusais de partir perdante. Personne ne tuerait ma force intérieure. Pas même cet assassin qu'est le cancer, aussi définitif que ton arme de guerre, Chérif.

Comme m'y avait déjà incitée Victor Hugo, l'auteur préféré de mon amoureux, je resterais le capitaine de mon âme.

Le premier lundi de janvier 2017, j'avais rendez-vous à l'Institut Curie. La veille, j'avais interrogé deux amis médecins pour savoir ce qui m'attendait. Ils m'avaient parlé de pose de cathéter et de chimio. La nuit ne fut pas facile. Je me souvenais du calvaire de mon amie Marie-France. Je revoyais le cathéter sous ses robes élégantes. Tout décolleté lui devenait interdit. Et le cathéter, implanté près de l'épaule, l'avait accompagnée jusqu'à son dernier souffle.

À 8 heures du matin, quelques degrés au-dessous de zéro, emmitouflées dans nos manteaux, ma fille et moi attendions l'ouverture des grilles. Nous gardions le silence. Le froid n'en était pas la seule raison. Nous partagions la même angoisse : Quel serait le traitement ? Et avec quelles conséquences ? Quelques jours auparavant, j'avais à nouveau interrogé mon amie généraliste. Je voulais tout savoir de ce qui allait m'arriver. Mes questions répétées étaient le signe de ma fébrilité. Elle aussi m'avait mentionné ce fameux cathéter, annonçant la longue séance de chimiothérapie que m'avait si souvent racontée Marie-France, puis Antoine, mon vieux copain du *Journal du dimanche*, où nous avions tous deux travaillé de longues années, Antoine parti lui aussi après quatre années de souffrances. Cathéter et chimio signifiaient perte de cheveux, nausées, douleurs articulaires et autres plaisanteries du même genre. Voilà bien ce qui revenait en boucle dans nos têtes frigorifiées.

Nous avons franchi les portes de l'Institut Curie. Après les formalités d'usage, nous avons attendu devant le cabinet de l'oncologue qui m'avait été conseillée par mes amis médecins. La vaste salle d'attente commençait à se remplir, chaque malade patientant devant la porte du médecin attitré. Parmi ceux présents, des hommes et des femmes, certains sans cheveux, au teint de craie, qui me faisaient frissonner. Certains étaient en couple et conversaient. D'autres, seuls, feuilletaient les journaux posés sur les tables qui jouxtaient les rangées de chaises. Des téléphones vibraient dans les poches. Des infirmières et des aides-soignants circulaient dans l'allée, s'échangeant des dossiers, poussant des lits de malades hospitalisés dans les étages de l'Institut. Leurs voix et leurs rires amortissaient l'atmosphère lourde du lieu.

Une jeune femme brune et souriante ouvrit la porte et m'appela. Ma fille suivit. Elle avait décidé de tout partager avec moi et c'était un réconfort. Elle me protégeait comme l'aurait fait son père. Je fus invitée à m'asseoir près du médecin. En face d'elle, une assistante tapait sur un ordinateur. Le médecin, pneumologue-oncologue, m'expliqua le mal dont j'étais atteinte. Elle se pencha vers un ordinateur posé sur son bureau et me montra l'image du scanner, effectué quelques jours plus tôt. Je découvrais mon thorax et ses secrets. La maladie avait semé en moi des cellules dévastatrices. Je constatai le résultat sur l'image. Mon poumon droit était envahi de « liquide pleural ». Je lui fis répéter, mais elle avait bien dit liquide pleural. Je pensai à toutes les larmes de chagrin que j'avais refoulées depuis plus d'un an, depuis ce foutu 7 janvier où, toi, Chérif, tu accomplissais ta mission.

Quand je repris ma place auprès de ma fille, une seule idée tournait en boucle : la pose du cathéter. C'était grave, je n'allais pas y couper. Faisant circuler la souris sur l'écran, le médecin continuait à parler, expliquer,

démontrer. « Et le traitement commence quand ? »
interrogea ma fille, impatiente de savoir ce qui allait
advenir de sa mère. Je l'ai regardée : elle était si pâle
que j'ai eu peur pour elle. Sans doute pensait-elle aux
prévisions catastrophiques de notre amie médecin
généraliste. L'oncologue sourit. « J'y viens », dit-elle.
Elle avait reçu les résultats histologiques, après la
thoracoscopie calamiteuse. D'une façon très pédago-
gique, elle m'expliqua que les résultats confirmaient la
présence d'une mutation du gène de l'EGFR.

« Vous pourrez bénéficier d'un traitement ciblé.
Désormais, nous disposons de plusieurs traitements de
ce type. Nous allons commencer par le T. à 150 milli-
grammes. Une prise tous les jours à heure fixe et en
dehors des repas. Une infirmière va vous expliquer
en détail comment vous allez devoir vous organiser.
Et si celui-là ne fonctionne pas, on en essaiera un
autre. » Elle s'exprimait d'un ton doux et se montrait
rassurante.

Nous nous sommes regardées, ma fille et moi. Nous
pensions la même chose : pas de cathéter, pas de chimio,
mes cheveux continueraient à flotter sur mes épaules.
La consultation terminée, nous avons salué l'oncologue et, après qu'elle eut refermé la porte du cabinet,

nous nous sommes serrées dans les bras l'une de l'autre. J'avais le sentiment d'avoir gagné une première victoire sur la maladie en raison de cette mutation du gène de l'EGFR. Un brin d'espoir dans ce chaotique chemin de vie.

Avant de quitter Curie, je me rendis à la pharmacie de l'établissement, le traitement, très récent, n'étant pas encore proposé à la vente.

En sortant, j'appelai mon amie généraliste et lui communiquai la nouvelle. Elle poussa un soupir de soulagement. Je la rejoignis à son cabinet où elle m'expliqua ce que signifiait cette mutation.

L'EGFR est un sigle de l'anglais : *Epidermal Growth Factor Receptor.* Les récepteurs du facteur de croissance épidermique se trouvent à la surface des cellules tumorales. Leur rôle consiste à envoyer un signal de croissance au noyau de la cellule. Certaines tumeurs cancéreuses du poumon, la mienne en l'occurrence, peuvent contenir dans leur ADN une mutation touchant l'EGFR. La tumeur est dite positive pour les mutations de l'EGFR. Ces cellules tumorales porteuses de mutations sont sensibles aux toutes nouvelles thérapies ciblées.

J'appris aussi que seulement 10 % des personnes atteintes d'un cancer semblable au mien présentent une telle mutation.

126

« Ce sont en particulier des femmes et des non-fumeurs », ajouta mon amie.

Nous allâmes prendre un verre pour fêter cette nouvelle encourageante.

Nous étions à quelques jours de Noël, dans l'ambiance joyeuse des fêtes de fin d'année. Les autres préparaient leur réveillon ; moi, je partais à la recherche du coupable de ce nouveau combat à mener. Il est évident que je pensais à toi, Chérif, et à l'attentat que tu avais commis. J'étais persuadée d'avoir relevé le défi sans effets collatéraux sur ma santé.

J'avais posé la boîte de T., le traitement prescrit, sur mon bureau. Les jours passaient depuis le premier rendez-vous à Curie et je ne l'avais pas encore commencé. Pourquoi ? J'avais fixé l'horaire de la prise entre le déjeuner et le dîner, mais quand l'heure sonnait, je remettais au lendemain. Je m'étais mis en tête que le T. était un équivalent de la chimio et j'en craignais les effets secondaires immédiats. Chaque jour, j'avais une bonne raison de ne pas le prendre : une nuit à rattraper, un texte à écrire… Enfin, début janvier, j'avais effectué le voyage de promotion en Allemagne et en Autriche. J'avais trouvé là la bonne excuse. Je décidai de ne plus y penser et de prendre le traitement à mon retour.

Faute de soins, me signala mon amie médecin, les cellules cancéreuses continuent à se multiplier. Combien de milliards s'étaient ainsi agglomérées les unes aux autres dans mon poumon droit qu'un médecin rencontré dans un dîner amical avait nommé « le poumon du chagrin » ?

Le 14 janvier, après plusieurs jours d'émissions, d'interviews, de voyages, je me retrouvais à attendre l'avion pour Paris à l'aéroport de Hambourg. Je m'étais écroulée sur un siège et, pour la première fois, une immense fatigue m'a submergée. Je souffrais de douleurs aiguës dans le dos. Je fus prise d'effroi, seule, au milieu d'une foule dont je ne parlais pas la langue. Ils allaient et venaient, plutôt décontractés et joyeux, dans la salle de l'aéroport en attendant de mettre le cap sur Paris. Une musique effrayante flottait dans ce hall glacé. Allais-je pouvoir me lever du siège et me glisser parmi les voyageurs ? Je n'osais alerter l'hôtesse qui s'était positionnée devant le comptoir des départs. Nous allions bientôt embarquer.

Jusque-là, j'avais cru laisser de côté la maladie, l'oublier pour me consacrer à la promotion de mon livre. Mais elle était bien là, présente, envahissante, douloureuse, cruelle. Une tueuse dont je devais, dès mon retour, calmer la fureur en me soignant enfin. J'avais la chance de ne pas être enfermée dans une salle de chimio, la perfusion au bras.

De retour de Hambourg, j'abandonnai mes sacs dans l'entrée et j'avalai la gélule de T. Je m'allongeai sur un canapé en attendant de juger des effets secondaires dont l'infirmière de Curie avait dressé la liste. Je n'appréciais pas de me sentir aussi craintive, mais c'était plus fort que moi. La première prise resta sans effet. Deux heures plus tard, j'étais postée devant le réfrigérateur : et si certains aliments ne faisaient pas bon ménage avec le traitement ? Perplexe, je me contentai d'un verre d'eau et je rejoignis au plus vite mon lit. La peur m'avait saisie. Elle ne me quitterait plus. Désormais je devais lutter contre elle, dominer la maladie et ne pas me laisser dominer.

J'avais eu tort de crier victoire, de me juger « chanceuse ». Dès les premiers jours, la maladie s'est très vite montrée capricieuse et le traitement s'est révélé traître. La petite gélule que j'avalais au quotidien était une bombe tout autant que celle que je prends désormais. En quelques semaines, je suis capable d'énumérer les effets secondaires. Ils me cassent le moral et entament ma force intérieure. Ma peau et mon teint ont viré au gris, les cheveux ont perdu de leur brillance, mes ongles sont le siège de douleurs sourdes et permanentes, le corps est aussi fatigué que l'esprit. Dans les premiers temps de la maladie, tous les mois, après être passée dans le tunnel du scanner, et avant la consultation de contrôle et les résultats des examens, l'angoisse me harcèle. Ces jours-là, l'imagination me conduit droit au cimetière.

Un mois après mon entrée à Curie, lors de la seconde consultation, toujours en compagnie de ma fille, l'oncologue ne tarda pas à m'avertir : le traitement faisait effet, la tumeur commençait déjà à régresser. Je repris espoir. Huit mois plus tard, il s'avérait moins efficace et les effets secondaires trop perturbants et douloureux. Un nouveau traitement me fut prescrit. À plusieurs reprises, je lus la notice explicative. Je fus effrayée par la longue liste des effets indésirables. À quoi fallait-il s'attendre ? Pouvait-on les devancer ? Je souhaitais être une malade active, plus forte que la maladie. Mais celle-ci me prenait toujours de court. Pourtant, je continuais à refuser d'être sa victime. J'explorais les journaux scientifiques, Internet bien sûr, mais j'interrogeais aussi des malades. S'en sortaient-ils mieux que moi ? Je participais à des ateliers organisés par l'Institut Curie où je pouvais rencontrer des femmes, souvent plus jeunes, atteintes du cancer du sein. Des lieux où l'on pouvait parler sans retenue de son état et des problèmes qui en découlaient. En les écoutant, je pensais que la chance était de mon côté. Toutes avaient subi des chimiothérapies et luttaient contre des effets secondaires bien plus redoutables que ceux que je subissais. Ces moments d'écoute et de parole me confortaient dans l'idée que, malgré tout, j'étais privilégiée et qu'il fallait d'urgence que j'accepte la maladie, le traitement et ses conséquences.

Lors de ce second rendez-vous avec l'oncologue, j'avais tenté de la faire parler du lien entre traumatisme psychique et cancer, évoquant la violence de l'attentat et l'assassinat de mon amoureux. Elle répondit d'un ton évasif que certains de ses patients tenaient ce genre de discours. Je compris que je n'obtiendrais aucune explication de sa part. Dans cet Institut, où l'ombre de Marie Curie est omniprésente, l'oncologue pneumologue était chargée de soigner la maladie, pas de faire de la psychologie. Les seules fois où elle s'interrogea sur les causes de ce cancer traître, elle me demanda si « vraiment » je n'avais jamais fumé ou bien si je n'avais pas été exposée à l'amiante.

Tenace, je voulais en avoir le cœur net. J'ai beaucoup lu sur le sujet. Apprenant ainsi que la maladie survient au moment où l'organisme subit une altération de son fonctionnement, je cherche la piste du coupable et j'explore les études sur le sujet. La violence de l'attentat et toutes les autres violences traversées depuis ont dégradé mon système immunitaire, bouleversé mes émotions. Au point de faire exploser la maladie ? Nous portons tous en nous quelques cellules malignes susceptibles de se multiplier. La modification de l'organisme leur envoie un signal dans ce sens.

Possible, pourrait répondre le professeur Khayat, oncologue français. Selon lui, le lien est réel entre les émotions fortes qui altèrent le système immunitaire et le cancer. Il explique ce lien en rappelant qu'Hippocrate (406-370 av. J.-C.) était persuadé que les humeurs, que nous appellerons aujourd'hui émotions, ont une influence sur l'équilibre du corps. Il fut le premier à comparer le cancer à un crabe, par analogie entre cet animal et l'aspect des tumeurs sur la peau du sein.

Puis Galien (130-201 apr. J.-C.), né en Asie Mineure, qui étudia la médecine à Alexandrie et exerça à Rome, reprit l'idée d'Hippocrate en mettant au point sa théorie des humeurs qui établit un lien entre celles-ci et le développement de la maladie. L'excès d'humeur, particulièrement de bile noire, provoquerait un « carcinome », terme employé par Galien provenant du mot latin *carcinoma*.

« Pendant près de deux millénaires, écrit le professeur Khayat, cette idée est restée présente dans l'esprit des médecins [...] Mais ce n'est qu'à la fin du XIXᵉ siècle que ces intuitions prirent un tour scientifique*. »

En effet, selon Khayat, un médecin londonien établit une première statistique avec deux cent cinquante

* David Khayat, *ibid.*

femmes atteintes du cancer du sein. Cent cinquante-six d'entre elles avaient été affectées par un drame psychologique majeur quelque temps avant le diagnostic. Il en déduisit que les émotions négatives vécues pouvaient avoir contribué à l'éclosion de la maladie.

D'autres études de plus grande ampleur datent des années 1980, en particulier celle d'une équipe de chercheurs américains, qui, en 1987, se sont intéressés aux conséquences du stress sur l'organisme. Ils ont évalué les risques de cancer chez 2 018 ouvriers d'une usine de Chicago. Leur constat fut sans appel : les ouvriers dépressifs avaient deux fois plus de risques de développer une maladie comme le cancer et deux fois plus de risques d'en mourir. Les conclusions de cette étude firent date : il existait un lien réel entre état psychologique et risque de cancer.

Khayat dit avoir été influencé par cette étude américaine qui n'avait pas alors emporté son adhésion. Elle l'a cependant poussé à réfléchir sur l'origine de l'éclosion de la maladie et à écouter les milliers de malades rencontrés lors de ses consultations à l'hôpital. Après quarante ans de pratique, il affirme : « Les émotions peuvent bel et bien contribuer au développement d'une maladie maligne*. »

* David Khayat, *ibid.*

Et plus loin, il explique que les événements de notre vie psychique contribuent à l'explosion de mini-cancers invisibles jusque-là et contrôlés par notre système immunitaire. Cependant, à l'occasion d'une baisse de nos défenses liées à l'impact de notre psychisme sur le système immunitaire, le cancer et diagnostiqué*.

À chaque minute, la maladie pouvait progresser dans mon poumon si le traitement échouait. Après la sidération de l'attentat venait celle du cancer.

Chérif, les dégâts causés par cette affection silencieuse provoquent une dévastation permanente du psychisme, de l'âme. Mais que sais-tu de l'âme, pauvre ignorant enseveli dans l'obscurantisme.

* David Khayat, *ibid.*

Souvent, les amis informés de mon état me prédisaient une victoire morale, une vie où la mélancolie aurait enfin rendu l'âme. Ils m'avaient aidée à lutter contre l'engloutissement qui m'avait menacée dans les premiers temps de la maladie.

Pour d'autres, étais-je devenue une paria ? Le cancer suscite encore trop souvent la peur. Il répand la terreur, comme le souligne le philosophe Ruwen Ogien. Cumuler la douleur de l'attentat et ce mal, dont on préfère ne pas entendre parler, fait de moi cette « paria » infréquentable. À ce sujet, Ogien suggère que si Michel Foucault et Susan Sontag ont choisi de se taire sur leur expérience de la maladie, « c'est en partie au moins, [à cause de] la crainte d'être traité comme un déchet social* ».

* Ruwen Ogien, *Mes Mille et Une Nuits*, Albin Michel, 2017.

Je l'avoue, cette crainte ne m'était encore jamais venue à l'esprit car, très entourée après l'attentat, je croyais naïvement à une humanité bienveillante. Puis j'ai été confrontée à une certaine mise à distance qui m'a obligée à réfléchir à mon état et m'a convaincue de me comporter en patiente modèle, active, à l'écoute, afin que les médecins eux-mêmes continuent à me traiter comme une personne normale.

Entre-temps, après une hospitalisation, j'avais perdu mes cheveux et le feu avait envahi mon cuir chevelu. Des nuits et des nuits de maux insupportables s'enchaînaient.

Perdre ses cheveux, c'est perdre son identité de femme. J'avais déjà eu le sentiment de cette perte après la disparition de mon amoureux, sentiment contestable pour une féministe, et pourtant cela m'avait hantée des mois durant.

Décidément la petite jeune fille blonde avait vécu.

À présent, je tournais en rond dans mon appartement, évitant les miroirs. Je finis par me nouer des foulards autour de la tête, qui me rappelaient les ouvrières russes que nous avions vues travailler comme cantonnières dans les rues de Moscou, au milieu des années 1970. Toutes portaient un fichu noué à l'arrière de la tête. Une fois de plus, ma fille me vint en aide. La vie continuait et je devais faire face à mes projets professionnels, « comme si de rien n'était », incapable de révéler ce nouveau drame. Par l'intermédiaire d'un ami, elle réussit à convaincre une grande jeune femme, spécialiste des perruques, de me porter secours, et celle-ci reproduisit la coiffure que j'avais toujours affectionnée depuis ma rencontre avec mon amoureux.

Une perruque n'est qu'un pansement pour cacher une vérité effrayante. Sous ces cheveux naturels, le crâne est en feu et refuse le jet de la douche qui provoque des brûlures. Un véritable supplice. À force de souffrance, j'ai fini par accepter la proposition de la blonde perruquière de rencontrer l'une de ses amies « coupeuse de feu ». Je n'y croyais pas vraiment, mais à cette période de la maladie j'aurais fait n'importe quoi pour me libérer de brûlures incessantes. Je n'avais jamais autant souffert. Plus exactement, souffrir m'était inconnu.

Une première séance ne suffit pas à me guérir. Au cours d'une seconde séance, la « coupeuse de feu » murmura quelques prières ou formules ; deux jours après, le feu m'avait quittée. Une vraie réjouissance que je ne pouvais même pas fêter d'une coupe de champagne. Je ne supportais plus aucun alcool.

Le cancer multiplie les frustrations. Il élimine tout sur son passage comme ta kalachnikov, Chérif.

Malgré les effets secondaires persistants, me prenant souvent par surprise, la perte des cheveux fut le moment le plus cruel de cette maladie que l'oncologue me prédisait à perpétuité.

Pendant deux années, chaque mois, comme un rituel, je passai un scanner. Au cours de l'opération qui durait une dizaine de minutes, je ne cessais de penser à ce que les radiologues remarquaient sur les images. Quel était l'état de la tumeur ? Régressait-elle ou augmentait-elle ? La plèvre était-elle envahie de liquide pleural ou bien celui-ci avait-il été résorbé par le traitement ? L'épreuve terminée, je filais dans la cabine me rhabiller sans jeter le moindre regard vers la vitre derrière laquelle tombaient les résultats. Les jours suivants, dans leur attente, je me dissociais du reste de ma vie. Dans l'incapacité d'écrire ou d'écouter de la musique, le corps vidé par la peur de ce qui résulterait de l'examen, le cœur aux abois, je m'allongeais sur le canapé du salon et je fermais les yeux. Je les rouvrais aussitôt. La violence des flashs de l'attentat me transperçait. Disparaîtront-ils avant que je quitte cette vie ? Ou bien sont-ils incrustés en moi au point de ne plus pouvoir les chasser ? Chérif, toi aussi tu m'as condamnée à perpétuité.

L'attente est longue avant les résultats. Souvent elle dure deux ou trois jours, parfois plus. Et le rendez-vous avec l'oncologue arrive enfin.

8 heures du matin. Devant la porte de la vaste salle du rez-de-chaussée, je frissonne. Suis-je la première à passer ou bien vais-je devoir attendre encore un peu ? Je sors de mon sac *La Tranquillité de l'âme*. J'utilise Sénèque comme un pansement sur ma double infortune. Je me concentre sur les idées pour oublier que, dans quelques minutes, je saurai si des métastases sont apparues quelque part sur les os, le cerveau, le pancréas… Ou si la régression est nette, si le traitement fonctionne, si bientôt je retournerai dans le monde des vivants.

L'oncologue tourne son ordinateur vers moi et me désigne l'emplacement de la tumeur, qui a nettement diminué. Je me réjouis de ces progrès qui illuminent un peu l'horizon. « De toute façon, vous ne serez jamais guérie », affirme-t-elle en se levant.

La remarque tombe comme un couperet. Je n'ai plus de voix, plus de souffle, plus d'équilibre. Je n'ai pas de mots pour tenter une explication, poser une question. Je chancelle en sortant du cabinet. La stupeur me contraint à m'asseoir dans la salle d'attente. Une infirmière me reconnaît et se penche vers moi.

« Reposez-vous un instant. Les consultations sont souvent difficiles à supporter. On n'y apprend pas que des bonnes nouvelles. »

Elle me caresse la joue et s'éloigne.

Une fois hors de l'hôpital, je marche jusqu'au Panthéon, je tourne en rond, je ne sais plus où je suis alors que j'ai vécu là toute mon enfance. Rue Soufflot, je m'assois à une terrasse de café pour reprendre des forces. Alors, je tente de comprendre l'intérêt de l'oncologue de me rappeler une vérité qui est sienne, et qu'elle m'a déjà assénée une première fois. Y avait-il une annonce dans ses paroles ? Souhaitait-elle me prévenir de ce qui pourrait advenir ?

Ma réaction est violente. Au lieu de m'appesantir sur mon sort, je crie ma colère. Les résultats du scanner prouvaient le contraire. Je reste hébétée. La vérité de l'oncologue n'est pas la mienne. C'est son diagnostic, ce n'est pas mon destin. J'ai une foi de charbonnier dans les recherches actuelles sur le cancer. Il y a trois ans, le traitement n'existait pas. Pour l'heure, il m'aide à vivre et à me soigner, à faire du cancer une maladie chronique.

Dans des laboratoires à travers le monde, des chercheurs mettent au point de nouvelles formules. Je résiste à ce pessimisme forcené du praticien. Si elle a cru me casser le moral ou provoquer la peur, elle s'est trompée. La colère m'a envahie, je sors de cette épreuve plus combative que jamais. La vie m'emporte. Elle agit comme un aimant. Même si, dans ces temps bouleversés, il m'arrive de la contempler de loin.

J'ai décidé de faire le trajet du retour à pied pour me prouver que je tiens encore sur mes jambes, que je prends du plaisir à traverser le jardin du Luxembourg où m'attendent les souvenirs de mon enfance. Petite fille, je sautais à la corde dans les allées. Je retrouve aussi ceux de l'enfance de ma fille, de la vie heureuse lorsque nous jouions au tennis avec mon amoureux tout en surveillant notre petite intrépide sur les balançoires. En chemin, une phrase me traverse l'esprit : « Rêvons la vie puisque nous ne pourrons vivre notre rêve. »

J'ai envie de rêver à la vie d'après.

Le 29 juin 2018, jour anniversaire de mon amoureux, j'ai proposé à mes enfants de nous réunir afin de renouer avec nos rituels familiaux. Natacha, la cadette, nous a accueillis sur sa terrasse. L'été s'était installé depuis quelques jours et, à travers les lauriers en fleur, nous apercevions un ciel aussi limpide que la Méditerranée dans laquelle une partie de la famille allait bientôt s'immerger.

Mes cheveux commençaient à repousser et j'avais décidé de bannir à jamais la perruque blonde qui me faisait ressembler à celle que j'étais dans la « vie d'avant », et non plus à celle que j'étais dans cette « vie d'après ». J'inaugurais donc une étrange coiffure, très courte et frisée. Les avis furent unanimes : « C'est mieux que la perruque. » Je tentais de ne pas trop me regarder, mais j'éprouvais une vraie joie à l'idée de me montrer telle que j'étais.

Sur le plan de la maladie, je traversais une période plutôt favorable sans trop d'effets secondaires apparents. Désormais, les rendez-vous avec l'oncologue et les scanners avaient lieu tous les trois mois. La stabilisation du cancer était nette. Je n'avais jamais vraiment eu l'angoisse de la mort mais dès que le mot « stabilisation » fut prononcé, l'horizon s'éclaira.

Ce soir-là en compagnie de mes enfants, forte de ces bonnes nouvelles, je me permis quelques extras que j'étais certaine de payer dans la nuit qui suivrait. Après trois années, je commençais à bien connaître la maladie, ses méfaits, ses caprices. Peu m'importait, j'avais le désir d'en finir avec les frustrations en tout genre.

Dans la journée, ma fille Elsa avait reçu sur son Instagram une brève vidéo envoyée par une collaboratrice de l'INA montrant un extrait d'une interview de son père, alors âgé d'une cinquantaine d'années. À l'instar de ma fille, j'avais apprécié cette attention et je n'avais cessé de visionner ces quelques secondes au cours de la journée.

Dans l'effervescence de ce dîner chaleureux, la nuit passant à l'heure bleue, je demandai à ma fille de montrer la vidéo.

Aussitôt, un silence se fit autour de la table. Elsa n'avait pas encore déclenché la vidéo que sa sœur aînée demanda d'une voix déterminée de ne surtout pas la mettre en route. Elle ne le supporterait pas. À l'extrémité de la table, Natacha était devenue blanche, prête à défaillir.

Elsa n'insista pas.

Le silence s'installa entre nous. Nos yeux brillaient des sanglots retenus.

Nous ne serions jamais guéries, Chérif.

Résister au désastre annoncé par les médecins dès le début de la maladie, c'est respirer, c'est croire à un horizon où palpite encore la lumière de la vie.

Résister, telle aura été ma volonté, du 7 janvier 2015 à ce mois de décembre 2019 où je clos le récit de mes cinq années.

Parfois, la résistance cède devant la fatigue qui me broie. Très vite, je suis gagnée par la mélancolie. Que vaut la vie sans bonheur, sans ce qui a fait de moi une femme heureuse ? Sans cet amoureux tombé sous tes balles, ce jour de guerre de janvier 2015 ? Je veux croire à la lumière qui jaillira des ténèbres dans lesquelles tu as voulu m'enfermer, Chérif. Le cancer aurait pu devenir, comme il l'est pour beaucoup de malades, une « explosion de désespoir », selon la formule de l'écrivain Fritz

Zorn*. Comme pour lui, emporté par le cancer, la maladie a surgi dans mon être amoindri, après l'attentat. Pour Fritz Zorn, qui vécut jusqu'à l'adolescence dans une famille de grands bourgeois névrosés, ce « cancer familial » de l'âme ne pouvait produire qu'un autre cancer, celui atteignant le corps.

Le cancer est la conséquence corporelle de la maladie de l'âme.

Pour Fritz Zorn, devant la mort, il n'y a pas de porte de sortie. L'oncologue elle-même m'a placée devant la mort, et moi, pourtant, je résiste, malgré la violence et l'absence, j'ai confiance en une suite au-delà de l'horizon. Même si, de temps à autre, je perds mes forces. Je perds tout court. La maladie serait-elle plus forte que moi.

Ce qui compte, ce n'est peut-être pas de gagner, mais de combattre.

De la cellule de la prison où elle avait été enfermée pour avoir voulu convaincre les ouvriers allemands de ne pas faire la guerre, et où elle rédigea de nombreuses lettres à la seconde épouse de son avocat, la

* Fritz Zorn, *Mars*, traduit par Gilberte Lambrichs, Gallimard, coll. « Du monde entier », 1979.

révolutionnaire allemande Rosa Luxemburg, guerrière ivre de paix, écrivait : « Dans le pire, la lumière arrive. »

Je m'invente guerrière ivre de paix et de vie. Me laisseras-tu, Chérif, atteindre l'éclat tant espéré ? Ou bien ta kalach abattra-t-elle mon courage et ma foi ?

Décembre 2019

DU MÊME AUTEUR

ROMANS

Au diable vauvert
Flammarion, 1988
et Points, n° P2419

Le Maître d'amour
Flammarion, 1990
et Points, n° P2188

La femme qui aimait les hommes
Albin Michel, 1992

Graines de femmes
Albin Michel, 1995
et Le Livre de poche, n° 14352

La Tragédie du bonheur
Albin Michel, 1998

La Chambre d'amour
Albin Michel, 1999

La mère qui voulait être femme
Seuil, 2008
et Points, n° P2187

La Sibylline
Seuil, 2010

La Passion d'Edith S.
Seuil, 2014

Manger pour vivre ?
(dirigé par Pierre Fédida et Dominique Lecourt)
PUF, 2002

L'Harmonie dans votre assiette
(en collaboration avec Laurent Chevallier)
Albin Michel, 2003

L'Ivresse de vivre
Albin Michel, 2004

CONTES

Dis maman, y'a pas de dames dans l'histoire ?
La Farandole, 1982

Les Sorcières du bois-joli
Hatier, 1986

La Divine Sieste de papa I et II
La Farandole, 1986

RÉALISATION : NORD COMPO À VILLENEUVE D'ASCQ
IMPRESSION : NORMANDIE ROTO IMPRESSION S.A.S À LONRAI
DÉPÔT LÉGAL : AVRIL 2020. N° 144847 (2000921)
IMPRIMÉ EN FRANCE